红色沃土

吴茂盛 —— 主编

毛激流 —— 编著

九州出版社
JIUZHOUPRESS

图书在版编目（CIP）数据

红色沃土 / 吴茂盛主编;毛激流编著. -- 北京：

九州出版社，2024.4

ISBN 978-7-5225-2729-1

Ⅰ.①红… Ⅱ.①吴… ②毛… Ⅲ.①革命故事–作

品集–中国–当代 Ⅳ.①I247.81

中国国家版本馆 CIP 数据核字(2024)第 063591 号

红色沃土

作　　者	吴茂盛 主编　毛激流 编著
责任编辑	陈春玲
出版发行	九州出版社
地　　址	北京市西城区阜外大街甲 35 号(100037)
发行电话	(010)68992190/3/5/6
网　　址	www.jiuzhoupress.com
印　　刷	长沙市精宏印务有限公司
开　　本	710 毫米 × 1000 毫米　16 开
印　　张	16
字　　数	200 千字
版　　次	2024 年 4 月第 1 版
印　　次	2024 年 4 月第 1 次印刷
书　　号	ISBN 978-7-5225-2729-1
定　　价	78.00 元

前 言

2024年1月1日，十四届全国人大常委会第六次会议表决通过的《中华人民共和国爱国主义教育法》正式施行。这部旨在加强爱国主义教育、传承和弘扬爱国主义精神的法律，规定了爱国主义教育的主要内容，涵盖思想政治、历史文化、国家象征标志、祖国壮美河山和历史文化遗产、宪法和法律、国家统一和民族团结、国家安全和国防、英烈和模范人物事迹等。以法治方式推动和保障新时代爱国主义教育，对于振奋民族精神、凝聚人民力量，推进强国建设、民族复兴，具有十分重大而深远的意义。

湖南，是中国革命的重要红色沃土，是伟人故里、将帅之乡，中国共产党湖南历史是百年党史中的闪亮篇章；党的永州历史是其中一个重要的组成部分，一大批共产党人在永州用信仰和热血谱写了感天动地的英雄壮歌。

一方水土养一方人。这"水土"不仅仅是地理环境，还包括人文传统、文化氛围。三湘儿女重大义、重大局，讲节操、讲奉献，敢于斗争、勇猛精进的气质，三千年砥砺深耕，一代代薪火传承。无数的共产党人以牺牲支撑全局，以忠诚染红战旗，以智慧和创造书写历史。

中国革命历史征程，是一部惊天动地的英雄史诗，从大革命时期到新中国的建设时期，无数的英雄儿女抛头颅、洒热血，用他们的青春，谱写了壮丽的青春之歌，在中国共产党和中国革命史上留下了浓墨重彩的一笔。

一个伟大的民族从不缺乏历史责任感。在现代文明复兴的今天，唤醒历史意识，倡导文化认同，成为当务之急。作为湖南省永州市作家协会推出的"红色教育在永州出版工程"的一个重大项目，《红色沃土》主要是对永州红色文化资源进行全面系统的整理。以发生在永州这块红色沃土上的历史文化为背景，对其中革命遗址、遗迹、文献、文物、手稿等进行全景式扫描，从中梳理出最具红色文化价值的亮点，着力对之进行传统教育式的书写和通俗性的呈现，以"点"的精彩，表现"面"的厚重，直观地提供给读者，引导和帮助青少年扣好人生第一粒扣子，用党史伟力推动青少年的思想政治教育，培元固本，守正创新，为培养德智体美劳全面发展的社会主义建设者和接班人，奉献一瓣心香。

《红色沃土》撷取在永州党史上有一定影响的人物和故事（适当增加了几个与永州党史有关联的湖湘红色故事）整理成书，将红色文化资源和数不胜数的、可歌可泣的感人故事加以宣传和传承，将红色故事送进校园、机关，通过开展多种形式的党史学习教育，激发广大学生的爱国热情，使其在实践中学习革命精神，坚定理想信念，践行自身使命。本书以故事的形式，挖掘地方红色文化资源，打造成"可行走的红色课堂"。全书分为红色经典、红色传奇、红色故事、红色基因、红色家书、红色征程、红色新篇共七个部分，每个篇章选取有影响的人和事构成红色主题，以此彰显英雄人物的光辉事迹。

2024年1月21日

★目录

第一章 红色经典

第二章 红色传奇

第三章　红色故事

第四章　红色基因

第一章 红色经典

陈树湘："为苏维埃流尽最后一滴血"

光明之路

陈树湘从小就出生在长沙县福临镇一个贫苦的佃农家庭，他的父母都是老实巴交的菜农，靠租借地主家的田地种小菜过日子。父亲陈建业会种小菜，小菜又能够卖出好价钱，一年到头下来，却被地主将辛辛苦苦积攒下来的钱掠夺而去，这让年少的陈树湘感到愤恨又迷茫。

1913年长沙遭受洪灾，陈树湘随父亲流落到长沙小吴门外的陈家垅以种菜、卖菜为生。

清水塘，是毛泽东和杨开慧婚后相聚在一起共同生活并从事革命活动时间最长的地方，与陈树湘家陈家垅仅一岭之隔。

正是在这里，少年陈树湘结识了后来被他称为"毛先生"、影响他短暂一生的毛泽东和"霞姑"杨开慧。

在这里，陈树湘每天晚上跟着杨开慧学习识字。

在这里，陈树湘听毛泽东讲人和人之间都是平等的、没有贵贱之分的道理，接受了马克思主义启蒙教育。

在这里，经毛泽东的引荐，陈树湘先后结识了何叔衡、李维汉、周以栗、滕代远、郭亮、夏曦、夏明翰、毛泽覃等人，聆听他们在一起探索救国救民的真理。

这些真理，如同漆黑中的曙光，让少年陈树湘找到了光明的路子，在思想和觉悟上，有了很大的提高。他的眼前不再只有种小菜的一亩三分地，救国救民的远大志向岿然树立，革命的火种在心中滋养生长。

在陈树湘逐步成为坚定共产主义战士的道路上，毛泽东、夏明翰、

道县烈士纪念园陈树湘雕像

郭亮这三位革命者对他的影响巨大。

毛泽东初识陈树湘，得知他叫陈树春时，就对他说："春伢子啊，你应该把名字改为树湘，要像一棵直插云霄的参天大树，挺立在潇湘大地上。"

1922年深秋，青年陈树湘心里怀着火一样的革命激情，在二里牌乡一所学堂里秘密加入了共产主义青年团，开始了革命生涯的第一步。

年轻的陈树湘立志报效祖国，拯救同胞。当农民运动在长沙近

郊兴起后，他以高昂的热情，积极投身到这股革命的洪流中，白天下地劳动，晚上挨家串联发动群众。他自编了一首歌谣："做长工，做短工，一年到头两手空；挑担子，拉车子，一年到头饿肚子。"用自己的亲身经历，用通俗易懂的语言，来启发农民的觉悟，在斗争中得到了锻炼和考验。

不久，陈树湘相继参加了长沙群众要求收回旅（顺）大（连）示威游行和粜米斗争。通过参加斗争，陈树湘进一步认清了旧社会的黑暗，他的革命意志更加坚定。

这时，党领导的农民运动在长沙近郊得到进一步开展，逐步建立和发展党的组织与农民协会，陈树湘参加了二里牌乡农民协会。1925年7月，经周以栗、滕代远、郭亮介绍，20岁的陈树湘正式加入中国共产党，开始了新的革命斗争历程。

投身革命

1927年5月21日，许克祥发动"马日事变"，大肆屠杀共产党人和革命群众。

陈树湘目睹一个个革命同志倒在血泊之中，心中非常愤怒，他对战友们发出了"血债要用血来还"的誓言！不顾个人安危，响应地下党组织的号召，在新婚之夜，毅然告别新婚妻子陈江英，前往大革命的中心——武汉。临别前，陈树湘说："如果我们共产党人不去流血牺牲，那我们苦难的中国就无药可救了！"

在武昌，经周以栗介绍，陈树湘在叶挺部队的新兵营当班长。当新兵营改编为警卫团三营时，陈树湘升任排长。

1927年9月9日，卢德铭率部参加毛泽东领导的湘赣边界秋收起义，其部改编为工农革命军第四军第一师第一团，陈树湘调任二营九连三排排长。

起义军进攻长沙受挫，退到浏阳文家市时，毛泽东主持召开前委会议，提出放弃攻打长沙，转移到敌人统治薄弱的山区开展游击战，得到卢德铭等前委委员的支持。

29日，秋收起义部队到达永新县三湾村。在这里，毛泽东进行了著名的三湾改编，把党的基层组织建立在连队，整顿部队纪律。三湾改编，从思想上、组织上，保证了党对军队的绝对领导。

陈树湘始终拥护毛泽东的决策，追随毛泽东上了井冈山。

1930年1月，红四军主力回师赣南，陈树湘留在长汀，任独立团团长，在长汀、清流、连城一线坚持游击斗争。2月，被福建省军区任命为独立第七师师长。5月，调任独立第九师师长。不久，调任红十九军五十四师师长。1933年6月，为支援江西红军第四次反"围剿"作战，驻守福建的红十九军缩编为三十四师，陈树湘所在的师缩编为一〇一团，陈树湘由师长改任团长，率部在闽西北开辟新的战场。1934年3月，陈树湘被任命为红三十四师师长。

红色后卫

由于王明"左"倾冒险主义的错误领导，中央红军未能打破敌人的第五次"围剿"，1934年10月16日，中央红军八万余人被迫实行战略转移。当时的计划是从南线突破粤军的封锁线，到达湘西会合贺龙、肖克和王震领导的红二、六军团。陈树湘和他的红三十四师，担负全军总后卫，掩护党中央和主力红军向西转移。

为掩护中央红军顺利突破国民党军的三道封锁线，陈树湘和他的红三十四师以血肉之躯与尾随之敌进行着无法统计的阻击战：在安息、古陂，陈树湘率部阻击粤军，保证中央机关和主力部队渡过信丰河；在汝城，陈树湘与战友兵分两路，阻击粤、湘军的前锋，掩护中央机关和部队前进；在汝城西南，陈树湘的红三十四师协助红十三师抗击湘、粤追兵，保证了中央红军兵分五路，沿郴州、宜章西进；在延寿、岭秀阻击战中，陈树湘率领英勇的闽西子弟与湘、粤敌军血战，延滞敌军行动，顺利掩护党中央和主力红军渡过潇水。

主力红军渡过潇水，国民党蒋介石判断出中央红军要强渡湘江，西进与红二、六军团会合，遂紧急调集40万人马，在广西北部、湘江以东地区设下了第四道封锁线，布下口袋阵，企图以合围的方式将中央红军全部消灭在这个狭长地带。

面对这种情况，躺在担架上的毛泽东同志虽身处逆境，但仍时刻关注着党中央和红军的安全，反复向最高三人团提出改西进为北上，改逃为打，重新开辟新根据地的战略性建议，均遭到"左"倾领导者的固执拒绝。

博古、李德机械地执行逃跑主义路线，采取大搬家的方式行军，让战士们抬着笨重的机器和一大堆坛坛罐罐赶路，造成后续部队行动迟缓，未能及时渡过湘江而错失良机。

在湘江战场，天上飞机轰炸，地面枪炮轰鸣，红军将士血染湘江，尸浮浊水，在广西有了"三年不饮湘江水，十年不食湘江鱼"的民谚。

光荣任务

1934年11月26日，红五军团军团长董振堂、参谋长刘伯承在道县仙子脚蒋家岭村传达中革军委要求红三十四师继续担负起全军殿后、阻击尾追之敌的光荣使命，掩护党中央和主力红军抢渡湘江的命令时，军团长董振堂深情地对陈树湘、程翠林等师团领导说："同志们，在重兵压境的情况下，中央把全军殿后的任务交给你们，责任重如山啊！全军团期盼着红三十四师完成任务后，迅速过江归建。"

刘伯承更是殷殷叮嘱陈树湘："完成任务后，你们要迅速过江，一定要把我们的干部、战士安全带回来！"

陈树湘和师团干部认真听完董振堂和刘伯承的讲话，也就明白了，等待他们的是什么样的后果！

陈树湘带头举起右手，握紧拳头，立下誓言："红三十四师坚决完成中革军委交给的光荣任务！誓死保卫党中央！誓死保卫中革军委！誓死保卫中央红军！"

已经登上老山界深处的毛泽东得知红三十四师受命冒险前往枫树脚接防，痛心疾首地说："枫树脚是台绞肉机，博古、李德是把陈树湘和他的三十四师往绞肉机里塞！"

1934年11月28日，陈树湘指挥红三十四师在湘江东岸的山上刚构筑起阵地，湘军周浑元部就潮水般地蜂拥而至。陈树湘面对数十倍于己的敌人，毫无惧色，他镇定自若地指挥红三十四师将士沉着应战，奋力抵抗。经过四天五夜的艰苦鏖战，打退了周浑元部，以及桂军、广西民团的一次次冲锋，胜利地掩护中央机关和中央红军渡过湘江，踏上战略转移的征途。

顽强拒敌

陈树湘率领红三十四师胜利地完成了掩护红军主力渡过湘江的任务，但也付出了重大的牺牲，全师从6000多人锐减到不足千人。

1934年12月2日，陈树湘率部翻越海拔1900多米的宝盖山，欲从凤凰嘴强行徒涉湘江，遭到桂系四十三、四十四两个师的猛烈阻击。尽管敌军无所不在，陈树湘知道，当前的形势，必须渡过湘江追赶大部队，否则就会有全军覆灭的危险。于是，他将所有的战士集结起来，发出了"要为苏维埃流尽最后一滴血，抢占有利地形，强渡湘江"的命令。

在抢占湘江渡口的战斗中，师政委程翠林、师政治部主任张凯等师团级干部相继阵亡，此时，部队仅剩800余人。

为保存革命力量，陈树湘执行中央军委要他率部迅速回到群众基础较好的湘南去打游击战的命令。决定兵分两路突围，一路由一零一团团长韩伟、二营长侯德奎带领突围出去后，在广西大江源遭到地方民团武装的袭击，最后仅剩下30多人；另一路由他和参谋长王光道带领突围后，从江塘经永安关、德星等地到达道县瑶族聚居的空树岩村。

12月12日，陈树湘率部进至桥头铺，在马山附近抢渡牯子江。当木船行至江心时，突然遭到江华县保安团的伏击，部队伤亡惨重，陈树湘腹部中弹，血流如注。他用皮带勒住伤口，指挥战士将木船靠岸。战士用担架抬着陈树湘由江华的界牌再进入道县，沿着崎岖山路急速前进，鲜血浸透了他的灰色军衣。这时，道县保安团又闻讯追了上来，有的战士提出要跟追来的敌人拼个死活。

陈树湘用手捂住流血的伤口说道："拼很容易，这正符合敌人的打算，他们的目的就是要消灭我们。如果我们能保存力量，克服目前困难，甩开敌人，保存实力，在湘南开展游击战争，然后再返回井冈山，我们就可以把革命之火重新燃烧起来，这正是敌人最害怕的。现在，按原路返回已不可能，大家做好分散突围准备，冲出去，到牛栏洞汇合，去九疑山打游击。"

当部队来到驸马桥旱禾田时，道县的义勇总队又扑了过来。参谋长王光道立即指挥部队边打边走，在清水塘占据了有利地形，击退了敌人。陈树湘为了不拖累大家，掩护参谋长王光道带领战士脱险后，在两个战士的搀扶下，撤退到银坑寨，再次击退道县保安一营的进攻，并占领了银坑寨附近的洪都庙。

敌人新的进攻开始了，江华、道县和宁远三县保安团呈扇形包围上来。陈树湘依据洪都庙的有利地形，顽强地抗击敌人。

子弹打光了，敌人号叫着，扑进了洪都庙……

断肠明志

坐镇驸马桥镇"正生药店"的敌保安团营长何湘，听说抓到一个红军师长，高兴得发了狂，立刻叫人把陈树湘抬到药店里来，并站在药店门口赔着笑脸要去扶他，被陈树湘一把推开。

何湘赔着笑脸问："陈师长，你们在湖南境内有多少红军？"

陈树湘用手比画了一下说："满湖南都是红军！"

何湘威胁道："你难道不怕死？"

陈树湘对着门外里三层外三层看热闹的群众说："为革命……为穷苦大众……我随时准备……为苏维埃……献出……一切……"

历史，永远记住了这一刻！

1934年12月18日上午8时，当押送的民团行至道县蚂蚁坝镇石马神村时，陈树湘趁敌人不备，忍着剧痛，用手伸进早已溃烂的伤口，掏出温热的肠子，用尽最后一丝力气，绞肠自尽，壮烈牺牲，这时的他年仅29岁，实现了他"为苏维埃中国流尽最后一滴血"的铿锵誓言！

蒋先云：头可断的铁血男儿

初识润之

1921年10月20日的衡阳，碧空如洗，晴空万里。湘江上，纤夫粗狂沉闷的号子在湘江上空回荡。

蒋先云、黄静源、贺恕身穿干净的学生服站在码头上不停地眺望江面。他们在这里等候半个多时辰了，等候从北而来的帆船。

他们等候的人叫毛润之，大名毛泽东，其盛名在当时的湖南如雷贯耳。1921年7月23日，毛润之以新民学会代表的身份参加中国共产党第一次全国代表大会，大会闭幕后，毛泽东回到长沙，创建了中国共产党湖南支部，随后，又在支部的基础上，建立了中共湘区委员会，毛泽东担任书记。

蒋先云非常崇拜毛润之，自从在《新青年》杂志上读到毛泽东的文章后，他就日思夜想着与毛润之见一面，听他讲中国何处去的道理，因此，迫不及待地等待在这里，想早点一睹毛润之的风采。

一条帆船从北缓缓驰来，一个二十八九岁，身穿蓝布对襟衫的瘦高青年站在船头。与他并立的是一个20多岁、工人打扮的小伙子，两人谈笑风生。船快到码头，小伙子眼尖，一眼认出了蒋先云，大

在永州新田故居的蒋先云雕像

声喊道："先云、静源，我是夏明翰，我陪润之先生来衡阳了。"

蒋先云闻言，连忙挥手示意，三人大声喊道："润之先生，我们仰慕你很久了——"

在夏明翰的陪同下，青年毛润之下了船，在码头上逐一与蒋先云、黄静源、贺恕握手。

毛润之歉意地说："让你们三人等久了，龙王爷和风婆婆不给力，逆水而来，抱歉抱歉。"

夏明翰解释说："润之先生本来要坐第一班船来的，因为自修大学很多事情需要处理，只好赶第二班船到衡阳。"

夏明翰于1920年秋天背叛封建家庭，在何叔衡的帮助下来到长沙,在通俗报馆、文化书社从事售书工作,认识了操湘潭口音的毛润之。

毛润之和何叔衡非常器重夏明翰的才干,有意培养他成为一个无产阶级的先锋战士。这次,夏明翰是陪毛润之前来考察衡阳建党工作的,以此开展蓬蓬勃勃的工人运动。

在介绍蒋先云时,毛润之用湘潭话问:"你就是蒋先云?蒋先烈是你大哥?"

蒋先云回答说:"大哥在我10岁时就牺牲了,他在就义前还给我写了封信,鼓励我长大后继续革命。"

毛润之叹口气道:"先烈已成先烈,是我们共产党人学习的典范。他是为了救国救民而献出自己年轻生命的,他牺牲的时候,只有29岁,和我现在的年龄相仿。他未完成的事业,需要我们共产党人继续践行,我们要永远学习他舍生忘死的精神!"紧接着,毛润之问蒋先云:"'心社'和'长沙文化书社衡阳分社贩卖支部'的工作开展如何?"

蒋先云答道:"润之先生放心,我们每一项工作都有专人负责,销售量比早两个月有所上升。"

毛润之具有指导意义地说:"'心社'以改造自己和社会为宗旨的主题很好,牺牲个人小利益,谋求群众大幸福。你们提出的观点明确,既准确又具体。"

蒋先云说:"'心社'成立后,我们经常组织小分队背起背包,带着三角旗,走出校门,奔赴厂矿、农村进行调查研究,有不少的收获。"

毛润之表扬说:"你为五一国际劳动节起草的《告劳动者》我看

了，散发到全国各地，有很大的影响力哦。"

在交谈中，毛润之在蒋先云、夏明翰等人的陪同下来到湖南第三师范学校，并在三师的操场上做了即兴演讲。毛润之登上主席台，向大家挥手致意，然后，在身旁的黑板上写下"社会主义"四个大字。他说："蒋先云同学说，三师，以及其他一些学校，许多学生对社会现状不满，希望改造社会，并服务改造，这很好啊。今天诸位来到操场上，就已经开始了对社会的改造。首先，我想问问，你们心目中被改造的社会应该是个什么样子？"

台下鸦雀无声，无人能答。

毛润之微微一笑说："我们要确定把社会进行改造，就要有这种奋斗的理想，有了理想，才能坚如磐石。在我的思想里，最好的、最正确的理想是什么呢？"毛泽东卖了一个关子，见台下依然鸦雀无声，把大手一挥说："上面我说的，就是社会主义理想！"讲话结束后，毛润之勉励同学们坚定革命的理想，团结更多的人为社会主义而奋斗，社会主义的理想就一定能实现。

晚上，毛润之与蒋先云等人来到东山庙临江阁，传达了中国共产党第一次代表大会的情况。

毛润之说："中国共产党的成立，使中国出现一个完全新式的、以实现共产主义为目的的、以马克思列宁主义为行动指南的、统一的工人阶级政党。从他成立的那一刻开始，中国历史进入了一个崭新的阶段。"

毛润之的话让蒋先云非常兴奋，毅然提出加入党的组织。不久，夏曦成为蒋先云的入党介绍人。

在一个午后，在清水塘毛润之住所、中共湘区委员会秘密驻址，蒋先云、夏明翰、黄静源、贺恕四人由毛润之亲自主持入党宣誓仪式，蒋先云举起拳头庄严宣誓："蒋先云愿以生命为保证，永远忠于中国共产党，绝不叛党！"

战斗在水口山

1896年，官办水口山铅锌矿局成立，开采、冶炼铅锌铜和稀贵金属。守着"宝山"，矿工们每日工作十几个小时，却在残酷的剥削和压迫中仅能果腹。若发生矿难，矿局赔付的钱只够置办一副薄木棺材。

反抗，一定要反抗！矿工们在黑暗中不断地寻找光明的火种。

1918年到1920年，水口山矿工进行了几次罢工斗争，但因缺乏组织领导，被矿局威慑、分化，均以失败告终。

1922年9月，安源路矿工人罢工胜利的消息传到水口山后，工人们欣然要求党组织派人前来领导工人运动。11月，中共湘区执行委员会派蒋先云、谢怀德等到水口山铅锌矿领导工人运动，并建立党的组织和工人俱乐部。出发前，毛泽东指示蒋先云："要加强工人的团结，工人团结得越紧，敌人越害怕。"蒋先云等人抵达后，立即着手建立党小组，发展钳工刘东轩等人为共产党员，筹备工人俱乐部。1922年11月27日，"湖南水口山工人俱乐部"在康家戏台正式成立，前来俱乐部报名的人络绎不绝，不到两天达到了3000多人，铅矿大部分工人参加了俱乐部。12月5日，俱乐部发布罢工宣言："米也贵了，布也贵了，百物都贵了，只有我们的工钱还是和以前一样……我们要救命，不得不罢工。"俱乐部将4条权益细化成18项条件，蒋先云、刘东轩肩负着工人的重托，与矿局谈判，表明不达目的绝不开工的决心。

水口山工人大罢工开始后，工人俱乐部就发出了请求各界援助的传单，中国劳动组合书记部湖南分部和北京总部也及时发出要求各工团予以大力援助的通告，安源、唐山等地的工人俱乐部还从经济上给予水口山工人以有力的援助，工人还获得了赵恒惕军阀政府炮兵连士兵张贴布告声明"决不干涉工人"的支持，全国各工会、教育界、新闻界纷纷声援，极大地鼓舞了工人们的士气。

经过23天的激烈斗争，迫使矿局全部答应工人俱乐部所提出的条件，从而获得了最终胜利，把湘区工运推向最高潮。

中国劳动组合书记部主任邓中夏曾评论："中国矿山虽多，唯有全部组织的，只有江西之安源及湖南之水口山二处，而水口山铅锌矿罢工，其雄壮不亚于安源。"这次罢工斗争，还争取了部分有同情心的矿警，孤立了少数反动头目。

黄埔奇才

为了适应新形势，培养革命的军队，国共合作创办了黄埔军官学校。

1924年，毛泽东去广州出席国民党"一大"，当选为国民党中央执委候补委员。3月，回到上海，又兼任了国民党上海执行部的委员，同时负责上海地区黄埔考生的复试。黄埔军校在湖南的招生是秘密进行的，蒋先云、郭一予等18名初试合格的考生，在长沙分散搭乘火车、轮船到汉口，再乘轮船到上海找毛泽东。

见到毛泽东后，蒋先云将湖南党组织选送军校一期生的名单和公函交给毛泽东。毛泽东仔细地瞧着名单问道："在湖南初试，考过哪些功课？"

蒋先云答道："考过一篇作文，题目是：试述投考黄埔军校的志愿。"

"那你们要赶快准备功课复试喽。"毛泽东吸了两口烟，叮嘱道："这次复试考生人数很多，凭考试成绩取录。算术、代数、几何、三角、理化都要考。"接着，毛泽东鼓励几句："临阵磨枪，不快也光。不要怕，争取临场发挥好。我会随时给你们打听消息的。"

几天后，毛泽东得到复试录取名单，湖南18个人只取了蒋先云等八名。

3月29日，广东高等师范学校人头攒动，1200多名报考者在这里进行总复试。每个教室门口都有两名教师守着。蒋先云正襟危坐，他不怕考试，一考试反而兴奋，超水平发挥。他拿到考卷，一看题目是"论中国贫弱的原因和挽救之道"，顿时心涌万言，落笔有神。因为，蒋先云看过许多孙中山的演讲和国民党"一大"的宣言，对这个题目已是胸有成竹，所以写起来痛快淋漓。

22岁的蒋先云以所有科目第一名，其中两科是满分，他以骄人的成绩考入黄埔军校，创造了一项后无来者的纪录。在校期间，蒋先云不仅努力学习革命理论，还研读古今兵法，学习非常刻苦，在学校组织的考试科目中，不论是学科还是术科，都惊人地位居第一，被廖仲恺称为"军校中最可造就的人才"。

1924年11月，蒋先云以同期第一名的成绩圆满地结束了在黄埔军校的学习，成为第一个被提名留校的毕业生，分配到由周恩来任主任的政治部担任秘书。

蒋先云不甘于只在政治上有所作为，他还要驰骋疆场，到战场上去冲锋陷阵，发挥自己的军事才能。随后，国民革命军的东征给了蒋先云大显身手的机会。

忍辱负重

1925年10月，国民革命军举行第二次东征，蒋先云任东征军第三师第七团党代表。

这一次，尽管东征军的实力比第一次东征时要强大得多，但在攻打陈炯明老巢惠州时，部队却连连受挫，久攻不下。蒋先云闻讯，立即在第七团内组织了以"青军会"会员为骨干的敢死队，冒着枪林弹雨，用云梯组织强行登城。

蒋先云左手举着盒子枪，右手挥着指挥刀，身先士卒与顽敌展开肉搏战。战斗中，蒋先云身上多处被刺伤，血流不止，但他仍坚持指挥战斗，直至第七团首先攻进惠州城。这次战斗使得蒋先云颊上留下了伤疤，但也为他赢得了"青年军人楷模"的称号。

惠州一战，东征军歼灭了陈炯明精锐的守城部队。在前线指挥的蒋介石目睹了蒋先云奋勇当先、出生入死地指挥部队浴血杀敌的一幕。战斗结束后，蒋介石抚摸着蒋先云伤痕累累的身体，感慨万千地说："昔日赵子龙，一身都是胆；今日蒋先云，满身都是伤！"由于蒋先云具有出色的政治才能，兼具优秀的军事才能，不久，当选为中国国民党黄埔军校第四届特别党部执行委员。

1926年4月，蒋介石许以高官，再三诱令蒋先云退出共产党。

"先云，共产党是成不了气候的，你退出共产党，跟着我，有享不尽的荣华富贵。"蒋介石以黄埔校长的身份对他说。

"先云自小吃苦，享不得荣华富贵，谢谢校长的一番好意。"蒋先云回答。

蒋介石碰了个软钉子，心里很不舒服地说："我是非常看好你的，你要珍惜。"他看了看蒋先云的伤痕说："你的那个共产党组织，都是一群乡巴佬，成不了气候的，赶快退了。不然，只有退出国民党。"

蒋先云毅然答道："我是共产党员，永做共产党员，坚决退出国民党！我头可断，而共产党籍不可牺牲！"蒋介石听后，脸红一阵白一阵，半天说不出话，然后愤然离去，边走边嘟哝道："白眼狼，不识抬举！简直不识抬举！"

蒋先云被蒋介石解除了一切职务后，根据中共广东区委的安排，在广州从事工农运动，先到毛泽东主办的农民运动讲习所和李富春负责的国民党中央政治讲习班讲课。

几天后，蒋先云收到蒋介石一封言词十分诚恳的信，蒋介石在信中说："不论你退出共产党也好，不退出共产党也好，都希望你回到吾身边工作，吾现时部务之繁杂，宜得精明之辅佐，吾身边不能没有你。"

蒋先云看罢蒋介石的信，直接到番禺学宫的广州农民运动讲习所征求毛泽东的意见。毛泽东通过分析时局，反复劝说蒋先云回到蒋介石身边工作。蒋介石知道蒋先云脾气很拗，担心蒋先云不回军校，又特意找到广东区委委员长陈延年打招呼，陈延年又与中共广东区委常委、军事部部长周恩来商量，两人都认为，蒋先云以共产党员的身份回到蒋介石那里工作最好，一是可以加强两党联系，二是可以了解更多的情况，于是商议由周恩来找蒋先云详谈。

1926年4月20日上午，蒋先云来到周恩来家，周恩来见到蒋先云很高兴地说："我与陈延年同志商量过了，你还是继续到蒋介石身边工作。"

"我决不回到蒋介石的身边工作，否则，别人会说我在搞投机，也会引起党内同志的误解。"蒋先云不愿意服从安排。

周恩来耐心地开导说："党员同志可能会有些误解，为了我们的前途利益，只有委屈你了。现在，蒋介石是有背弃孙中山先生遗志的行为，我们应该严肃地与他的倒行逆施作斗争，但更重要的是争取他回到国共合作的革命阵营里来，因此，你的责任重大啊！"

"扮演这个角色我很不合适，还是另派其他同志吧。"蒋先云还是不同意。

"目前，只有你最合适，蒋介石虽然对你退出国民党不满意，但鉴于你在同学中的威望，他决不会轻易放你，我们党其他的骨干都会被排斥在外。"周恩来严肃地说。

经过周恩来的耐心开导，蒋先云表示愿意服从组织安排，再次回到了蒋介石身边任军校本部机要秘书，领少将军衔。

马革裹尸

1927年夏，背叛革命的蒋介石，在帝国主义支持下与各地封建军阀相勾结，对武汉革命政府采取了外部封锁、内部破坏的手段，革命处于紧急阶段。为了打破反革命的包围，扩大革命根据地，武汉革命政府决定举行第二次北伐，向盘踞在北方的奉系军阀张作霖进攻。4月18日，武汉革命政府在武昌南湖举行了第二次北伐誓师大会。这时，蒋先云被任命为国民革命军第十一军二十六师七十七团党代表兼团长。这个团的士兵多是新募的，为了对新编的官兵进行训练，蒋先云着重以阶级教育启发战士的觉悟，并且以自己的模范行动影响大家。不到一个月，全团面貌一新，官兵们怀着为革命而效死的决心开赴前线。出发前的1927年5月7日，他向全团指挥员发出公开信，鼓励全团官兵发扬勇敢战斗、不怕牺牲的革命精神，他在信中指出：自称革命是不够的，革命者势必要从工作上去表示他的努力。尤其是在困苦艰难之中，枪林弹雨之下，更要能表示他能忍耐牺牲的精神，否则不是一个真实的革命者。

队伍出发了，蒋先云率领全团辞别来车站送行的蔡和森、彭湃、夏明翰等人，离开武汉，开赴河南前线。二十六师归张发奎统一指挥，张发奎很不看好蒋先云，把他排在行军的后方，担任一些警戒任务。5月中旬，逍遥镇之役受挫，张发奎急调二十六师增援，七十七团是先头部队，80里路一夜赶到，敌人见势全线溃退。张发奎大感意外，逢人便说"蒋先云不得了"。

战斗打响后，敌人的炮火不断落在外场待命的第七十七团附近，但蒋先云很沉着，他到村外观察判断敌人的重炮阵地就在我方右翼的前方，就对第十一军二十六师代理师长吴仲禧说："不摧毁敌人的重炮阵地，我军正面的进攻就不能成功，应当建议张总指挥派我们从右翼出击，包抄敌人的炮兵阵地。"吴仲禧很赞成他的意见，就打电话到总部请示，张发奎很快就同意了这个建议，并下令着二十六师七十七团蒋先云部立即从右翼出击，直趋辛庄，抄敌之左翼。接到命令后，全团官兵连夜轻装出发，以急行军的速度向辛庄跑步前进。5月28日拂晓，七十七团到达距辛庄六七百米时，与敌前哨部队接火，接着，敌辛庄的步兵、炮兵齐开火，第七十七团受阻于一片平坦的麦田前。蒋先云开始疏散队形自己领先向敌军逼近，但由于毫无地形地物掩护，伤亡颇大，蒋先云也足部受伤，师部令他下火线，但蒋先云坚持不下火线。辛庄敌人又陆续得到一些增援，如果时间拖长将更不利，蒋先云果断地发起冲锋。29日上午8时，蒋先云率领一营、二营及机枪连、侦察队冲出掩体，逼近敌军第二道防线。

此时，蒋先云左脚被子弹打穿，但他拒绝救护，令卫兵牵来马，他骑上马背便挥舞军刀向前线疾驰。敌人的山炮密密地轰过来，蒋先云连人带马被轰倒在地，接着，他又中了一弹，坐在地上喊："我已受伤，你们要死战，勿退！"蒋先云挂着一支步枪，在两名士兵的护卫下重新跨上战马，继续向前线冲锋，最后，倒在了敌人的炮火下，英勇捐躯。

周玉成：共产党人的革命教科书

1904年3月15日，周玉成出生在祁阳下马渡镇东溪源村，父亲周良德靠租种佃田为生，母亲周谭氏是编草鞋的能手，在周玉成很小的时候，时常帮母亲把草鞋拿到圩场上去卖。周良德一年到头背对青天面朝黄土租种的佃田，除了交租，家里经常无米下锅。家，太穷，吃了上餐没下餐，周良德的一个远房亲戚就把

周玉成像

刚满10岁的周玉成介绍到县城吉才祥药铺当学徒。药铺老板的媳妇很泼辣，经常无故惩罚周玉成，早上和晚上喝清汤寡水的粥，中午吃红薯丝盐巴饭。周玉成正是长身体的时候，非常能吃，因此经常

遭药铺老板的媳妇训骂。老板娘派他白天上山采药，晚上回来加工药材，不到鸡叫头遍不许睡觉。10岁大的周玉成熬不得夜，好几次站着站着就睡着了。药铺老板的媳妇就拿竹棍打得他身上青一块紫一块。

1921年1月，湖南驱逐北洋军阀张敬尧的战斗已从秘密战线转入公开。湖南省江道区国民革命军少将司令刘梦龙派遣独立第三旅六团在3月底由耒阳来到祁阳驻扎，准备在4月中旬向盘踞在宝庆的张敬尧部进攻。第三旅第六团住在文昌书院，在繁华的大街上张榜招兵买马。周玉成从药铺出来，看见很多人报名，就问一个身材魁梧的军人："我想当兵，管饭吗？"军人打量了他一番，拍拍他的肩膀说："小伙子，古话说'当兵吃皇粮'，我们不仅包吃饭，每个月还有军饷发。"周玉成听了，爽快地说："我跟你当兵吃皇粮、拿军饷。"军人见他嘴巴伶俐，人也干脆，心里非常喜欢，就说："我是警卫连连长，你给我当勤务兵吧。"

周玉成在警卫连给连长当勤务兵，手脚勤快，做事麻利，大家对他很好。部队开拔到了文明铺，周玉成向连长告假，回去拜别父母。连长给了他几个光洋，还在文明铺街上买了瓶酒让他带回去孝敬父亲。周玉成穿着军装，背着长枪回到家里时，父亲周良德一下子没有认出来，以为自己犯了什么事，吓得直哆嗦。母亲周谭氏看见儿子回来了，高兴得哭了起来。周玉成告诉父母，自己当兵了，要去宝庆打张敬尧。周谭氏舍不得儿子去当兵，她知道当兵九死一生，抱住儿子哭个不停。周玉成告诉母亲，自己跟连长在一起，死不了，周谭氏才放心。周玉成在家待到天快黑时，拿了些母亲中午做的朗粑回到部队。

第六团在文明铺修整了一段时间，4月17日接到命令，前往永丰一线主动出击田树勋部。皖系张敬尧所属田树勋部攻占永丰，长期驻扎，其掳掠烧杀，凶不可言。第六团接到要求全歼田树勋部的命令后，在永丰和宝庆展开激烈的战斗，经过四天四夜的激战，第六团攻占宝庆，作恶多端的田树勋未及逃遁即被击毙，湘军大获全胜；继而乘胜追击，在永丰与湘乡县城之间同张敬尧部展开战斗，消灭了盘踞在此的张敬尧部；第六团在兄弟部队的配合下，在白水车站附近又打了第三仗，在临湘以东，打了第四仗，张敬尧部绝大部分被消灭了，退入鄂境者只是极少数。

在驱逐张敬尧的战役中，周玉成跟随连长出生入死，冲锋陷阵，得到连长的表扬，他也从二等兵晋升为上士。连长是一个有志向的军官，常常和周玉成交流对国家未来的看法。他厌烦了军阀相争而带来的连年战争，萌生了重新寻找出路的想法。一天，连长对周玉成说："我带你投奔国民党军，第八军有我的老乡，我们去了，会得到关照的。"周玉成点点头说："你干什么我就跟着干什么。"

周玉成为了寻找出路，1926年1月又投身唐生智的第八军第二师，成为一名普通士兵。1927年2月2日，唐生智的第八军第二师扩编为三十五军，何健任军长，叶琪任副军长兼第一师师长，周玉成被连长推荐任二营一连副排长，连长任师部参谋。1927年冬，唐生智东征失败下野，何键率第三十五军退回湖南，第一师师长叶琪调升第十二军军长，继任师长周磐率部驻防湘北。时驻常德任湘西宣抚使的刘铏即与老部下周磐联系，分化瓦解唐生智部，刘铏组建独立第五师，周磐、李仲任等脱离何键部，归并到第五师，刘铏任师长，周磐任副师长，下设两个处，第一训练处处长李仲任，辖三个团；第二训练处处长陈光中，辖三个团，驻守常德、华容、南县、澧县、安乡等地。一团代理团长彭德怀对部队人事安排不满，他说："像陈光中这样的土匪，居然当上了训练处长，太无正气了，刘铏回来当师长也不公道，这个老不发饷的军阀，又来当我们师长，我们又遭殃了。"这时，周玉成在一团三营一连当班长，他积极支持彭德怀的行动，并和彭德怀结下了深厚的友谊。

平江起义

1928年2月，中国共产党在国民党军湖南独立第五师建立了党的秘密组织。4月，独立第五师第一团团长彭德怀由段德昌介绍入党，随即在第一团建立起秘密党支部，彭德怀任书记。

在一团三营一连当班长的周玉成总是感觉到连长李灿在待人处世和工作方面的作风像共产党。在一次操练后，他单刀直入地问李灿："连长，你是共产党吗？"

李灿一听，机智地回答："是又怎样？不是又怎样？"

周玉成坚定地说："如果你是共产党，我也要求加入共产党。"

听了周玉成的话，李灿松了口气，笑着说："共产党是为人民打天下的，没有私利，随时都准备为信仰献身，你愿意吗？"

周玉成回答道："我愿意！"

经过多次谈话和考验，周玉成被吸收加入第一团党组织在士兵中建立起的"秘密士兵会"，并成为最活跃的一个，深得彭德怀的喜欢。周玉成利用空闲时间，不断向士兵进行革命教育，加强了士兵的团结。

在这段时间里，周玉成如饥似渴地阅读《共产主义ABC》等进步书籍，思想上发生了质的变化，在彭德怀、黄公略、邓萍、李灿等共产党人的影响下，逐渐树立了马克思主义信仰，并决定为之奋斗一生。

1928年6月19日，独立第五师奉命开赴地处湘鄂赣3省要冲的平江县，接替原驻军阎仲儒旅的防务。独五师开抵平江，县长刘作柱、清乡督察员杨鹏翼、挨户团主任黄思岑等一伙官绅兴高采烈，组织一干人马到西门外恭迎，称师长周磐为"平江70万民众的再生父母"，向周磐献花、赠旗。

彭德怀建议周磐办随营学校，并推荐共产党员黄公略等人到学校任职，不久，随营学校就被共产党人所控制。一团进驻平江后，彭德怀向周磐推荐黄公略任三团三营营长，黄纯任一团三营九连连长，留贺国中负责随校工作。在彭德怀的安排下，共产党员不仅控制了一团主要营、连的兵权，同时，还掌握了三团三营的兵权，从思想上和组织上为起义创造了有利的条件。

7月17日，中共湘鄂赣边特委书记滕代远，受湖南省委派遣，化装成商人，以省委特派员的身份到达平江，与一团副官、共产党员邓萍接上头，传达了中共湖南省委员会关于准备在必要时举行起义的指示。18日中午，彭德怀带团部军官巡查驻扎在思村的二营。刚好二营营长陈鹏飞有一个在周磐身边工作的亲戚从长沙过来，悄悄对陈鹏飞说："昨天长沙破获了共产党的一个秘密联络站，从被捕人身上搜出随营学校校长黄公略亲笔开具的通行证，被师长周磐认出笔迹。"陈鹏飞是彭德怀和黄公略在讲武学堂的同学，思想开明，与黄公略友谊尤深，由于事态严重，万分火急，正好要去找彭德怀商量，恳求彭德怀设法放过黄公略，并通知黄公略，让他赶快逃走。

彭德怀一面应允，一面命人备马，火速返回县城。在返回县城时，又截获师长周磐发给副师长的密电，内容是立即逮捕共产党员黄公略、黄纯一、贺国中三人。

湖南省主席鲁涤平怀疑推荐黄公略的彭德怀也是共产党，要师部派人监视彭德怀。事关重大，在此紧急情况下，彭德怀、滕代远、邓萍、张荣生、黄纯一、李灿、李力、李光等于18日晚7时，以探望生病的黄纯一为名，在医院里秘商对策，决定以闹饷为手段，举行起义。

为了保证起义顺利进行，彭德怀亲自找到周玉成谈话。他对周玉成从不称呼其名，自从认识周玉成后，就发现他身上有一股用不完的蛮劲，亲热地称呼他"蛮子"。每一次彭德怀喊"蛮子"时，周玉成就痛快地回应。

彭德怀严肃地说："蛮子，我们团要起义了，要投入到共产党的怀抱，你有什么打算？"

"我坚决跟彭团长走，绝不回头！"

"我要的就是这句话！"彭德怀继续说："现在，你立即带领九班战士解除驻在西街陈家大屋清乡队的武装，为起义清除障碍。记住，不要盲目蛮干，要开动脑筋。"

西街陈家大屋住的是清乡团的一大队，周玉成带领九班战士全副武装地走过来时，守哨卡的团丁不准通过，周玉成挥手就是一巴掌，厉声道："老子在前线打仗卖命，半年没有发军饷了，兄弟们现在去找上峰闹饷，你敢阻拦，打死你！"另一个团丁还想阻拦，周玉成一挥手，几个战士走上来，把两个团丁五花大绑吊在苦楝树上。

处理完守卡的哨兵后，周玉成大摇大摆地朝陈家大屋走去，门前的岗哨就要鸣枪示警，周玉成紧随几步贴近岗哨说："我们是去闹军饷的，不要开枪！"

　　一个岗哨拉动枪栓说："你们闹军饷跑到我们清乡团来干什么？"

　　周玉成回答道："兄弟们说，营长跑到你们陈家大屋来玩牌，我们找过来看看？"他边说边从衣兜里拿出一包香烟，就在岗哨伸手接烟的瞬间，周玉成动作麻利地解决了岗哨，然后，率领九班战士冲进院子。一大队长正在玩牌入迷，周玉成快速接近他身边，用枪抵着他的头说："让你的一大队全部集合，缴枪投降！"

　　一大队长见状，点头哈腰地说："我们是一家人，一家人，有话您尽管吩咐，我一定照办。"

　　周玉成威严地喝道："谁和你是一家人？！我们是彭德怀团长的起义军，现在，你们被俘了。"

　　一大队长是个软蛋，一听彭德怀的部队起义了，为了保全性命，连忙让一大队的团丁在院子里带枪集合。周玉成缴了一大队的全部武器，又把大队长和团丁关进一间黑屋子。

　　周玉成不费一枪一弹，顺利完成彭德怀交给的任务，表现了他的指挥才能。部队成功起义后，由连队党代表罗立、连长李灿介绍，周玉成站在镰刀锤头旗前举手宣誓，光荣加入了中国共产党。

要为自由而斗争

　　第五次反"围剿"失败，中国工农红军被迫战略转移，10月12日，周玉成带领红三军团供给部从于都长胜墟踏上漫漫征途。

在长征路上，红三军团在人员上有不少损失。军团长彭德怀找到周玉成说："蛮子，长征以来，部队每天都在战斗，伤亡太大，各部需要补充新兵，你是供给部部长，要多想办法，每到一地，要抓紧扩红。"

周玉成也不含糊，接受命令后，每到一地就开展扩红宣传。1934年11月10日，红三军团拿下宜章，周玉成得知白石渡正在修建铁路，有三四千工人，湘南人占多数，而且，很多工人是抛下妻儿到这个地方来做工的。其次，北方人也不少，大多是逃灾逃难来的。工人替工头做工，每天工资三毛钱。天亮起床，一直做到天黑，要做12个钟头。工人有病，停发工饷，医药费也要自己出。吃的都是粗茶淡饭，很少有肉吃。工人成天流着血汗，不但没有钱寄回家养家眷，连自己的生活都难以维持，很多工人想回去，但又没有盘缠，不得已，只有唉声叹气地做下去。周玉成获得消息，带领供给部的指战员赶来，老板、工头吓得都跑了。周玉成做了调查后，立即召开工人大会，鼓励工人要为自由而斗争，不要为资本家卖命。随即打开仓库，分发谷米和衣服物件等，有些急需回家的还发了路费。看着工人们高高兴兴地领取生活物资，周玉成站在凳子上演讲，宣传红军政策。工人领着生活物资，听着扩红演讲，情绪高涨，每天总是一大群一大群地涌来，供给部的门口被挤得水泄不通，很多人自动报名参加红军。

"给你发一个大奖状"

1934年11月30日，红三军团在湘江西岸界首以南的光华铺、枫林铺刚构筑完阵地,桂军整师整团地展开试探性进攻,随后发动连番猛攻,仅30日这天,桂军的轮番冲击就达三十余次。

光华铺、枫林铺一带,地势平坦,无险可守,而英勇的红十团官兵坚守在简易工事里,部队经过长途转战,弹药早已所剩无几,许多战士只有几发子弹。面对凶猛的桂军,战士们用大刀与敌人展开了肉搏。

战士们在前线流血牺牲,作为军团长的彭德怀不能让他的指战员们在挨饿中战斗。在界首渡口不远的三官堂指挥部,彭德怀当面给周玉成下达命令:"蛮子,红军指战员为了保卫党中央渡江,战斗在最前沿。有的人走上战场,就再也不能回来了。长途行军,三军团口粮所剩无几了,你要带领供给部的人就近找粮食,争取每餐让我们的指战员吃上热乎乎的米饭,哪怕是一碗热汤,拜托你了!"说完,彭德怀给周玉成敬了个礼,头也不回地走进战火纷飞的战场。

周玉成接受任务后,带领警卫员姜国华和其他战士化妆潜入附近村庄,向老百姓购买大米、苞谷、高粱等食物,并协助炊事班磨成粉,做成干粮,亲自送往前线。

自从踏上漫漫征途后,为保障前线红军的粮食供给,周玉成自觉带头减少口粮,供给部的红军战士每天守着有限的口粮,却一个个饿得皮包骨头。

11月30日黄昏,湘江战役快结束时,由于国民党飞机的轰炸,周玉成等人就近找来的口粮也被炸得荡然无存。身为军团供给部长的周玉成绞尽脑汁,却依然无法筹到足够的粮食。为了不辱使命,周玉成带头吃野菜,节约每一粒粮食给前线的指战员吃。

中央纵队全部渡过湘江后，红三军团在撤往兴安老山界的途中，由于饥饿过度，周玉成病倒了。彭德怀闻讯赶来，发现周玉成嘴巴里嚼的都是野菜，彭德怀流下了泪水，他含泪责怪周玉成："你这个蛮子，蛮得很，蛮得连命都不要了？！"说完，让警卫员拿出一个红薯放在周玉成的口袋里。

周玉成醒来后，发现口袋里装有一个红薯，立即严厉地追问警卫员姜国华："这是谁拿来的？我们供给部保管的军需物资，是用来给前线指战员吃的、用的，我们自己不能近水楼台先得月，贪图享受。这个红薯从哪里拿来的，就放回到哪里去。"

姜国华告诉周玉成："部长，红薯是彭军团长给的。他临走时说，蛮子是红三军团的粮草官，缺了谁都行，就是不能缺蛮子。他还给了我一个任务。"

周玉成有些好奇地问："军团长给你下达了什么任务？"

姜国华大声地说："等您醒来时必须把红薯吃了，这也是给您的任务。"

周玉成听后，默默地点点头，然后，命令姜国华把红薯送到炊事班。

遵义会议前夕，彭德怀对周玉成说："蛮子，湘江战役，如果没有你们供给部寻找粮食及时送往前线，我们红三军团就不可能有效地阻击敌军的进攻，保证中央纵队顺利渡江。我要给你记一功，等将来革命胜利了，给你发一个大奖状！"

一担银圆

1933年5月底，中央红军决定翻越夹金山。

在没有翻越夹金山前，红三军团首长给军团供给部下达了艰巨的任务。军团长彭德怀对周玉成说："蛮子，湘江一战，该丢的全部丢了，但是，红三军团这一担银圆是千万不能丢的啊，丢了，砍脑壳事小，误了全军吃饭，影响作战事大啊。"

周玉成两脚一并，报告说："请军团长放心，只要周玉成不死，这一担银圆就是爬，也要放在肩上！"

彭德怀用手指着他说："后勤部给你配了一匹红色的棕马，主要是照顾你虚弱的身体，在必要时，让马驮一下，减轻负担。"

"感谢首长关心，一定完成任务！"周玉成回答道。

翻越夹金山在即，遵照军团首长的指示，周玉成带领供给部抓紧筹粮，再组织战士们把杂粮磨成面粉，烤成饼干，备足七天的口粮。翻越夹金山需要很多物资，周玉成带领战士在天全县筹集到了食盐、猪肉、牛肉、生姜、干辣椒和大蒜，以班为单位，分到每一个战士的手中，以便在翻山越岭时补充能量。就在翻越夹金山的前一天，突然，周玉成接到军团首长命令，要供给部担任全军的殿后任务，负责收容掉队的指战员，掉队人员全部编入供给部。周玉成二话不说，毅然接受命令，带领供给部走在红三军团的最后面，自己带着警卫员姜国华、马夫王义牵着棕红色的马匹和负责挑银圆的李九生走在供给部的最后，成为名副其实的殿后队长。

当时，正值盛夏，但一到夹金山脚下，朔风呼啸，雪花漫天，温度骤降。战士们身着单衣、脚穿草鞋，要翻越夹金山，困难实在太大。六月的骄阳，在这里失去了火辣辣的威风，却把白雪照得晶莹闪亮，晃得人睁不开眼。虽然太阳当头，山风却冷得刺骨。

由于一路行军，得不到给养，大多数指战员体能下降。在进入夹金山半山腰时，姜国华身体突然不适，上吐下泻，人也轻飘飘的，走起路来头重脚轻，就像踩在棉絮上。周玉成见了，二话没说，让马夫王义把姜国华扶上马。姜国华不愿意，心想：上级领导是让我来照顾部长的，现在自己变成了累赘，反而要周部长照顾，心里很难为情。见姜国华不上马，周玉成用指头点点他的鼻尖，下发着无声的命令，随即快步追上挑银圆的李九生。

王义对姜国华说："部长的脾气你是晓得的，骑上去吧，翻过夹金山，和红四方面军会合，也许那边有红军医院，找医生看看病，打针吃药，病就好了。"到这时，姜国华才不得已骑上马。

李九生身体强壮，在夹金山下，穿着单衣汗流浃背地挑着银圆往山上走。周玉成寸步不离李九生，经烧鸡窝、一直箭，到了五倒拐，见他挑担爬山走得有些吃力，伸手就要抢担子挑。李九生拒绝说："周部长，这个粗活我吃得消。你身体还虚弱，不能让你来挑。"

周玉成笑着说："老哥，你这是什么话？我10岁就给大户人家做伙计，什么苦没有吃过？你年纪大，换换肩膀，这路还长着呢。"说完，李玉成硬是抢过银圆，挑在自己的肩上。

这担银圆是在江西打土豪时缴获的，对于周玉成来说，比他的生命还重要，军团首长也极其重视，关注每一块银圆的去向。

快爬到山顶时，前面传来休息的命令，战士们背靠背地坐在雪地里，一口干粮一口雪地吃。回头看山下，千军万马踩过的雪路，躺着许多长眠的生命。

周玉成一边走，一边查看是否有战士睡觉，如果谁闭上眼睛睡觉，他就去推。他给战士们鼓劲说："我们的革命事业是来之不易的，要革命，就要付出牺牲的代价。我们活着的同志要继承烈士们的遗志，活下去，战斗下去！"

李九生费力地挑着银圆爬到山顶，突然一个踉跄，滚下了山崖，而这担银圆却完好无损地、稳稳地放在山崖边的平地上。

姜国华根本不相信这是事实，哭着呼喊李九生的名字，希望李九生能够在山崖下回答，听到的却是寒风的呼啸。

当时，周玉成和李九生走在一起，根本没有想到李九生突然间会从自己身边无声跌落悬崖。当他看到一担银圆稳稳地放在山崖边，含泪挑过来交给王义暂时保管，然后，自己一拐一拐地下了山腰，把满脸黑紫，已经断了气的李九生背上山顶。在一个避风口，周玉成和供给部的战士们把李九生埋葬在了雪域他乡。站在李九生墓前，周玉成哽咽地说："从江西出发，李九生同志就一直挑着这担银圆。我们经过很多繁华的城市和集镇，如果，他稍微动一下歪心，完全可以从这没有上锁的樟木挑箱拿出几块银圆满足自己的私欲。他也可以在激烈的战斗中，丢下这一担银圆逃跑，保全自己的生命。但是，我们的李九生同志没有这样做，为了全军团在一个个战斗中取得胜利，他肩挑这一担银圆，长途跋涉，直到牺牲的这一刻。我们要以他为榜样，为中华苏维埃新中国勇敢战斗，哪怕牺牲也在所不惜！"

李九生牺牲后，这担银圆的重任就落到了周玉成的肩上。

雪山在呼啸，出发号吹响后，周玉成把姜国华和李九生的长枪背在肩上，又毫不犹豫地挑起一担银圆，再搀扶着姜国华缓缓地向又一个山顶走去。有几次，周玉成摔倒了，但是，他的手总是死死地护住装满银圆的箱子，一直到走下雪山、走进草地，用生命谱写一曲后勤工作者忠于职守的颂歌。

刘金轩：驰骋沙场百战威

浴血湘江

1934年11月25日下午5时，中革军委正式发布突破国民党湘江第四道封锁线的作战命令，空前激烈的湘江战役，在广西北部兴安、全州、灌阳一带的湘江两岸打响。

光华铺阻击阵地碗盏岭，是一片丘陵土坡树林地带，南距兴安县城15公里，北距界首镇五公里，东临湘江，扼踞桂黄公路。

刘金轩授衔时照

红三军团军团长彭德怀命令第四师第十一团抢占有利地形，修筑阻击工事。红十一团团长邓国清、政委张爱萍接到军团首长的指示，立即命令三营营长刘金轩尽快占领碗盏岭。张爱萍叮嘱说："守住

碗盏岭，才能保证中革军委的胜利过江，你肩上的担子很重哦。"刘金轩向团首长敬礼道："三营绝不有辱使命，保证完成任务！"说完，刘金轩率领三营轻装出发，向碗盏岭方向前进。

到达目的地，刘金轩带领三营立即投入到工事的修筑中，他对指战员们说："我们要把战壕挖好、挖深，战壕修筑得坚固，就会减少伤亡和牺牲。"说完，带头挖起战壕来。在刘金轩的带领下，三营的战壕修筑得非常牢固，他站在战壕前高兴地说："别人都说广西兵是猴子，精明得很。我们有了这个战壕，广西猴子兵再精明，也休想越过我们的第一道防线。"指战员们听了，信心大增，摩拳擦掌地继续加固战壕。

27日下午，天上下着毛毛细雨。团部通讯员气喘吁吁地跑来报告："刘营长，军团长命令你营把阵地交给红十团防守，三营急行军至界首渡口形成阻击阵地，掩护中央纵队渡江。"

自从参加红军以来，刘金轩在执行战场纪律方面从不打折扣，因此，时常得到军团长彭德怀的表扬。彭德怀表扬他的另一方面，是他不怕死，在冲锋陷阵时，敢于冒着敌人的炮火勇往直前。刘金轩有勇有谋，彭德怀自然就厚爱有加，遇上难啃的骨头就直接绕过师团直接下达到三营。

界首在湘江西岸，距离渡口不足百米。在渡口边，有一座年久失修的庙宇，当地老百姓称之为"三官堂"。刘金轩率部奔驰而来的时候，彭德怀的指挥部已经在三官堂设好了。在这之前，彭德怀收到朱德总司令以中革军委名义发来的电报，"彭、杨：军委纵队定于三十日天亮前从界首过江。望即做好一切准备，确保浮桥畅通，保证中央安全。朱　三十日零时三十分"。

彭德怀久经沙场，深知界首无险可守，要想保证中央红军顺利过江，只有速战速决，坚决守住渡口。这是一场至关重要又异常残酷的战斗，他决定自己亲自指挥这场战斗。

刘金轩率部刚到三官堂，三架敌机就投下炸弹。刘金轩看见彭德怀站在一块石头上指挥机枪手扫射敌机，跑过去一把拽住彭德怀就要往三官堂跑。彭德怀挣脱他的手说："刘金轩，你贪生怕死躲到庙里去好了，不打下这伙人，老子不姓彭！"这时，敌机俯冲下来，向对正在过江的红军部队俯冲扫射，刘金轩见状，一把抢过机关枪，跳上一个高坡地，瞄准敌机打出一梭子弹，一架敌机中弹后，拖着长长的黑烟消失在山后，随即发出惊天动地的爆炸声。彭德怀一拳打在刘金轩的肩膀上说："打得好，打敌人步兵有一套，打敌人的飞机也有一套，这个渡口调你来守，还是没有选错人。"

刘金轩揉着被打痛的肩膀笑笑说："报告军团长，保证完成任务！"

彭德怀严肃地说："这个渡口三面敞开，没有任何可以防御的地方，只有加快修筑工事，抗击一切来犯之敌，确保中央红军顺利渡江。"他看了看正在江中抢修浮桥的战士说："三军团的兵力目前全部分散了，我手上能够用的，只有你的三营，不管牺牲的代价有多大，你刘金轩必须像钉子一样钉在这里，不得后退半步。你从平江起义就跟随我了，晓得我斩马谡的本事还是有的！"

刘金轩听了顿感责任重大，双脚一并道："请军团长放心，人在阵地在，三营哪怕只有一人，也要死守渡口！"

彭德怀点点头说："你们要不惜一切代价确保界首渡口，坚决阻击反扑之敌，无论战斗进行得如何激烈，你都要给我顶住！"说完，眼睛里泛起闪闪的泪光。

天快煞黑的时候，一个团的桂军向渡口强行扑来，刘金轩依托工事和敌人进行激烈的战斗。当地人快到战壕边时，刘金轩从背后扯出大刀，大喊一声："三营的兄弟们，跟我冲，把敌人打回去！"说完，身先士卒向黑压压的敌群冲去。三营的指战员们紧跟其后，高呼"把敌人打回去！"。经过半个小时的肉搏和近距离的绞杀，逼退了敌人。刘金轩一边指挥战士们打扫战场，一边让炊事班抓紧时间做饭，以便迎接更激烈的战斗。

第二天上午，桂军第四十五军从平乐赶来，投入到争夺渡口的战斗中。彭德怀审时度势，让军团政治部主任袁国平急调红十团前往界首增援刘金轩的三营，一面电令红四师第十一团、第十二团扼守渠口，开展反阻击战。

敌人越来越多，桂系敌军在炮火的支援下，整营整团地向界首进攻，在刘金轩的眼里，桂系敌人漫山遍野地向阵地涌来，湘江战役到了白热化的程度。这时，彭德怀不断地给中革军委发报："十万火急，快速过江，每一秒都是红色战士用鲜血换来的！"

刘金轩所在的三营阵地再一次涌来黑压压的敌军，刘金轩告诉指战员们："节省子弹，把敌人放近了再打！"当敌人走近时，浑身是血的刘金轩接二连三地甩出了几颗手榴弹，手榴弹在敌群中爆炸。刘金轩站起身来，喊了声："打！给我狠狠地打！"搂住机关枪就扫射，冲在前面的敌人就像被割倒了的茅草，来不及哼一声，就倒在战壕前。

敌人的炮火把战壕炸掉了，在炮火中，无数的红军战士献出了年轻的生命。刘金轩明白，炮击停止后，敌人又要开始进攻了，等待他的又将是一场惨烈的激战。

12月1日清晨，茫茫大雾吞没了湘江，十几米外就看不清人脸。刘金轩指挥三营与敌在浓雾中展开殊死激战。敌人冲上来，又被打下去，打下去，又冲上来。土地在燃烧，砂石、土壤，沾染着鲜血。桂系敌军一个劲地嗷嗷直叫着冲上来，刘金轩身边的战士不断地倒了下去。为了打退敌人的冲击波，刘金轩决定来一个反冲锋，他组织有生力量组成敢死队，他要用枪和大刀去和敌人战斗。

"一切为了苏维埃新中国！"出发前，他对敢死队员们做了战前动员。

当敌人密密麻麻蜂拥而至时，刘金轩命令吹号员吹响冲锋号，嘹亮的号声回荡在山谷，极大地鼓舞了广大红军指战员的士气。处于晨雾中的敌人不知道有多少红军，闻风丧胆地败退而去。

没有腿，怎么打仗？

湘江战役后，刘金轩跟随中央红军爬雪山，过草地，到达吴起镇。

到达吴起镇后，刘金轩由于长期行军和营养不良，以及伤病，生命处于垂危之中。在党中央的关怀下，刘金轩靠顽强的意志和医护人员的精心医治，才保住了性命。病愈后，刘金轩奉命到达瓦窑堡。瓦窑堡是陕北名堡，享有"天下堡，瓦窑堡"之誉。在瓦窑堡，中央军委组织部门找他做了工作上的谈话。

鉴于刘金轩工作作风的雷厉风行和模范带头作用，军委组织部门找他谈话，要他留在军委管理局工作。刘金轩考虑到当前革命形势艰巨，前方急需指挥员，自己又熟悉带兵打仗，就要求去部队工作。组织上见他意志坚决，由于长征以来，部队指挥员紧缺，需要他这样能够打硬仗的干部，征得刘金轩同意，分配他到新组建的红二十八军第一团（陕北红军二〇五团）任团长。

刘金轩新任团长，顾不上病愈不久的身体，带领战士们投入到训练中，同战士们一起训练，一起钻研防御、进攻等战术。攻打榆林西南波罗堡的战斗任务下达后，刘金轩向师党委要求担任主攻。战斗打响后，刘金轩率领所在团，在兄弟部队的掩护下，展开强攻。

这天下着毛毛细雨，波罗堡大山浓雾笼罩，前面10米的地方看不清树木。前卫连连长跑来报告："波罗堡地势险要，加上浓雾弥漫，不利于部队进攻。"

刘金轩听了，用望远镜观察了一下，前面什么也看不清，就说："我们没有别的办法，必须抓紧时间，抢占先机攻下波罗堡。"

正午时分，刘金轩接到师部电话，要求其提前进攻，一举拿下波罗堡。刘金轩当机立断，带领全团战士匍匐前进到距离波罗堡不足20米的山沟里隐蔽。当红色信号弹升起，这片宁静的山谷像天崩地裂，爆发出震动山岳的怒吼，机枪声像狂风一样卷下山去。这一晴天霹雳，使敌人措手不及，完全处于挨打的被动局面。冲锋号吹响，在一阵火力袭击后，红军像山洪暴发般汹涌地向波罗堡压过去。刘金轩带领战士们冲进敌阵，敌军顿时大乱，东碰西撞，自相践踏，就像热锅上的蚂蚁，争相逃命。突然，一排子弹打在指挥战士们冲锋占领制高点的刘金轩的脚上，刘金轩当即晕倒在地。等他醒来时，已经被抬到了红军医院。一位大夫走过来说："刘团长，你的右腿受伤很严重，加上我们医疗条件有限，为了保住你的生命，需要截断你的腿。"

"我是一名红军战士，没有腿，我怎么打敌人？我就是死，也不能让你们锯掉腿！"

刘金轩大声抗议，绝不允许有人锯掉自己的腿。

大夫解释说："锯断腿，你的生命就有了保证，不锯腿，我们无法保证你的生命。"

"你们让我死吧，但是，必须让我死在战场上！"刘金轩说。

"如果不锯腿，你随时有生命危险，刘团长。"大夫说。

刘金轩听了说："我要找周副主席和彭军团长，你们请他们过来，我有话说。"

正好，周恩来副主席前来医院看望伤员，听见刘金轩"闹事"，就走过来说："谁在闹情绪？有问题，不要针对我们的医生，可以找我周恩来。"

刘金轩听说周副主席来了，连忙说："报告周副主席，刘金轩作为一名指挥员，哪怕牺牲性命，也不能锯腿，不然，没有腿，怎么打仗？！"

周恩来一听，走过来一看，摸摸他的伤腿，说："这不是光华铺阻击战的大英雄刘金轩吗？你说的话很有道理。红军队伍现在急需你这样的指挥员，如果把你的腿锯掉了，我们就少了一员猛打猛冲的红军指挥员。"说完，对大夫说："我以中革军委副主席的名义，要求医院必须保住刘金轩团长的腿，不管你们想什么办法，我希望在半个月后，能够看见刘团长的腿完好无损！"周恩来副主席与大夫做了长谈，再安慰了下刘金轩就走了。

为了保住刘金轩的腿，在设备极其简陋，又没有麻醉药品的情况下，征得刘金轩的同意，医生为刘金轩进行无麻醉手术。刘金轩躺在简易的手术台上，四肢被几个彪形大汉死死地摁住，嘴里塞了一块木头。医生用剪刀剪开皮肤的声音清晰可听，强忍痛楚的刘金轩在手术中晕厥了，等他苏醒时，已经是第二天午后。刘金轩的腿终于保住了，他又可以带兵打仗了。

抗日战将

1940年8月，八路军发动百团大战。刘金轩时任一二九师新编第十旅第二十八团团长，在旅长范子侠、政委赖际发统一指挥下，在正太路、寿阳之间向日军发起攻击。

8月20日夜，百团大战刚打响的时候，八路军第一二九师新编第十旅旅长范子侠命令刘金轩的二十八团，连夜以迅雷不及掩耳之势，配合兄弟部队一举占领了狼峪草帽山。21日凌晨，日军从桃河河滩向狼峪草帽山发起猛烈攻击，遭到八路军一二九师迫击炮的猛烈阻击，日军把兵力分散开来，又遭到八路军密集炮火的压制，最后，日军被压到山下面，被迫撤回阳泉。当日下午，日军又调集150多人，从狼峪草帽山右侧的西峪峰准备偷袭我军。敌人要进行偷袭，刘金轩正好在后山侦察地形时发现了敌人，立即命令各营投入战斗。战斗从上午一直打到黄昏，毙伤日军八十多人，击毙日军中队长一人，日军只得仓皇撤离。22日凌晨，日军又调集200多人，以更加猛烈的炮火掩护步兵集团冲锋，向狼峪草帽山再次发起进攻，快进攻到山头时，刘金轩带头端着刺刀跳出战壕和鬼子进行激烈的白刃战，最后，把鬼子打回了山下。战斗开始两天，接连惨败，气急败坏的日军调集在阳泉的日本侨民全部武装起来，以猛烈炮火出击，还使用了毒气弹，出动20多架飞机，对狼峪草帽山阵地发起了猛烈攻击。由于雨水不断，二十八团的战壕里全是泥水，刘金轩和战士们就在泥水里沉着应战，守住了狼峪草帽山阵地，圆满地完成了扼守狼峪草帽山的任务，为百团大战的胜利打下了坚实基础。

守住了狼峪草帽山，刘金轩又接到命令，在正太铁路上，"不留一根铁轨，不留一根枕木，不留一个车站，不留一个碉堡，不留一座桥梁，不留一根电杆"六不留的任务，这是"百团大战"第一阶段的主要任务。

刘金轩亲自带领战士们在正太铁路娘子关至寿阳一带执行破坏铁路的任务，每次行动前，派战士在铁路两端巡逻预警，他与战友们一起，找到焊接口有缝隙的铁轨，先卸螺丝，再把整条铁轨都拆下来。拔铁轨时想尽了办法，用撬棍撬，用地雷炸，点火烧。卸下来的铁轨拉到后方的兵工厂炼钢，造手榴弹、地雷，枕木就地烧毁。挖起的铁轨实在没法运走的，就用枕木点着熊熊大火把铁轨烧红弄弯，让敌人不能再继续使用。当时的工具也缺乏，拆除电线，就用石头将电线砸断运回后方。那时候，夜里铁路沿线到处都是点燃枕木的熊熊大火，到处都是枪炮声，敌人顾前顾不了后，很快，正太铁路就陷于瘫痪。

破坏了铁路，刘金轩又率部前往昔阳县沾尚镇附近伏击日军。八路军一二九师接到情报，有一个中队的日军运输车运送物资途经沾尚镇，物资不仅有粮食，还有弹药。这些，对八路军来说太重要了。师首长命令刘金轩团设伏，必须截获运输物资，歼灭日军。刘金轩接到命令，带参谋人员观察地形，选择西面的沿岭山作为伏击点。沿岭山，犬牙交错，易守难攻。二十八团埋伏了一天一夜，在第二天中午，日军的运输车轰隆隆地开了过来。50米、30米、10米，当日军全部进入包围圈，刘金轩率先瞄准最前面车辆的驾驶员扣动了扳机，一声枪响，驾驶员头一歪，伏在了方向盘上。瞬间，山谷响起了手榴弹的爆炸声和机关枪扫射的"哒哒"声。

由于是伏击战，日军毫无防备，战斗大约半小时就结束了。当时，日军头目清水亦石大佐被打蒙了脑袋，逃向附近的一个马厩，钻进马粪堆里，被追赶的战士抓了出来。清水亦石一身马粪站在刘金轩面前，浑身颤抖，害怕八路军枪毙他。刘金轩看见他的样子，开心地笑着说："你这个大佐，贪生怕死。这一身马粪，顶多是当马夫的料。"说完，让战士押着清水亦石去师部。

建立陕南根据地

1947年9月28日，西北民主联军第三十八军十七师和豫西军区陕南独立团与十二旅胜利会师。次日，刘金轩、李耀与西北民主联军三十八军副军长陈先瑞、十七师师长张复振、政委梁励生等人在商洛镇召开联席会。刘金轩说："下一步按照中央军委的战略意图和陈司令员的电报精神，主要是向洛南、商县、镇安、商南、山阳诸县挺进，创建陕南根据地。"会上，熟悉陕南的陈先瑞把陕南地区的情况做了简要介绍。能否建立陕南根据地直接影响着战略全局。陕南是国民党西南后方门户，从红军时起，我军八进八出陕南，但都没能建立根据地。解放战争开始后，急需在陕南建立根据地。刘金轩说："我们要'九进九不出'，这是历史任务！"

陈如意说："在陕南建立根据地为什么难？一方面，当地贫穷落后，补给十分困难；另一方面，国民党军也不能容忍自己的大后方有共产党武装，胡宗南调整编第六十五师外加三十八旅向商洛开来。为了开辟陕南根据地，我军下定了'再苦也要忍受，再难也要坚持，即使讨饭，也不出陕南，死了就埋在陕南'的决心。10月1日，西北民主联军十七师率先与国民党整编第六十五师接火。刘金轩分析认为，这一带地形受限，部队难以展开，东西两面都有强敌，敌兵力数倍于我。刘金轩向陈先瑞、张复振建议，避其锋芒，转移东进，伺机再反戈一击。陈先瑞和张复振赞同这一建议。10月19日，十二旅和西北民主联军十七师到达豫陕交界的官坡、兰草地区进行短期休整。"

部队长期远离纵队主力在崇山峻岭之间作战，物资供应困难。有的战士对长期在陕南作战没有思想准备，总想打完就走，对在陕南斗争的复杂性、艰苦性缺乏充分认识；有的战士想打大仗，不愿意在陕南游击。刘金轩随即表态："就是部队打光了，剩下我一人，也要战斗下去！"

刘金轩的态度成了一个标杆。大家说，跟着刘金轩饿不死。官兵们纷纷要求担任最困难、最艰巨的战斗任务。刘金轩针对国民党整编第六十五师作战特点制定了战术原则：插挡子，兜圈子，绕弯子，钻空子，时东时西，忽南忽北，虚张声势，疲惫敌人，乘虚而攻，先打分散孤立的敌人，集中主力歼其一部。为了迷惑敌人，部队对外旅称师、团称旅，各级干部自动高称一职。11月1日，十二旅主力进陕南前，西北民主联军十七师伪装成主力部队，先从卢氏、官坡一带行动，制造大部队行动的假象和声势。果然，国民党整编第六十五师被牵着鼻子，11月3日，十二旅捕捉战机，在当地游击队带领下从峡谷穿插至山阳城，活捉了国民党山阳县县长及警察局局长以下800余人，这是进入陕南取得的第一个大胜利。

刘金轩每打下一地后就建立政权。到1948年6月，鄂陕地区的镇安、丹凤、山阳、郧阳、郧西、均县、白河、旬阳、山商、上关等10个县都建立了共产党的县政府，两郧、商洛还建立了共产党的专署。国民党整编第六十五师，以及后来调来增援的国民党第二十七师、七十九师、青年军二〇六师等，均被刘金轩部一一消灭。1948年5月，晋冀鲁豫军区改称中原军区。6月7日，中原军区以西北民主联军第三十八军十七师和陈谢兵团四纵十二旅为基础，组建陕南军区，刘金轩任陕南军区司令员。陕南军区成立后不久，就迎来了第一仗——襄樊战役。

7月3日拂晓，陕南部队急行军，以突袭手段占领了谷城以西敌军阵地。随后，所属三十四团、郧白独立团迂回老君山背后，三十四团做正面进攻，经十余分钟激战，我军攻克老君山，将敌追至汉江边，歼敌一六三旅大部，其中，俘敌副旅长以下1800余人。谷城的解放，使参与襄樊战役的部队能够东西对进，刘伯承评价说"对襄樊战役初战胜利起了决定作用"。我军主力齐聚襄樊外围，经过十余天的奋战，陕南军区部队基本扫清了外围据点，六纵直抵襄樊城下。15日20时，总攻开始。六纵率先打开西关入城，但却被鼓楼制高点敌人火力所阻。此时，十二旅第一梯队三十五团也从城东北角打开了缺口，但敌人居高临下，负隅顽抗。三十五团打退敌四次反扑后，伤亡很大，牺牲的营级指挥员就有六名。正面攻击不利，三十五团果断变招，以少部兵力从左翼牵制，主力从右翼猛攻，敌人被迫后撤。第二梯队三十四团直插敌第十五绥靖区司令部所在地杨家祠堂。第十五绥靖区由康泽任司令官。战前，中央军委专门来电："康泽是国民党的中央常委，大特务头子。康泽司令部所有资料，一张纸片都不能漏掉！康泽只能活捉，不能击毙！战斗中注意搜集敌人之密件，对二局工作甚有用。"部队到了康泽司令部门前了，刘金轩专门打电话提醒："要活捉康泽，不要击毙！"在十二旅支援下，三十四团三营教导员张景纯率十几名战士率先打了进去，生俘敌副司令官郭勋祺。康泽被打伤后，藏在死尸堆里装死，后被六纵十八旅官兵识破生擒。襄樊战役于16日拂晓胜利结束。

唐克："革命无成誓不还"

"革命无成誓不还"

1925年10月14日，广东国民政府组织第二次东征讨伐叛军陈炯明，正在黄埔军校第三期政治科就读的唐克，被政治部主任周恩来指定为国民革命军第一军第三师第八团第二营第五连党代表，参加攻打惠州的战斗。

唐克照

出征前，唐克把自己的衣物、行军床，连同一封家书寄回老家。信中写有"吾人当效马革裹尸之精神，以身殉国""革命无成誓不还"等遗言。

惠州城是陈炯明的老巢，地势险要，又有重兵把守，陈炯明扬言，惠州城固若金汤，就是天兵天将也无法突破他的堡垒。

唐克所在的五连在东征中是攻打惠州的先锋队之一，在阵地前，唐克不断做动员和鼓舞士气。他说："陈炯明吹牛皮说惠州城固若金汤，我们五连就是付出最大的牺牲，也要把惠州天险攻下来，打破他的神话！"唐克激励指战员道："攻克惠州城，是东征中的关键性一战，攻不下惠州，就不能获取东征的全面胜利！东征不成功，广东革命根据地就不能巩固，北伐也就没有可靠的战略基地。"

10月11日，唐克所部临时受命担任攻城任务，在炮火的支援下，唐克身先士卒，带领五连突击队打到北门城郊，消灭外围守敌，形成对惠州的包围，同时，在兄弟部队的协助下，占领了可以俯瞰惠州城的制高点——飞鹅岭。

为了尽快解决惠州城的战斗，东征军指挥部将总攻时间定在10月13日上午9时30分。周恩来亲自在第一军组建了一支以共产党员为主的敢死队，唐克再次被周恩来亲点为敢死队队长，参加攻城的敢死队员有650人，其中，五连的党员全部加入敢死队的行列。

总攻开始，东征军准时炮击，城墙被轰开缺口十多处。

战斗打响，唐克身先士卒，带领士兵发起冲锋，经过几十个小时的激战，终于攻克惠州城。不久，唐克随第一军继续挥师东进，于11月9日直捣饶平、黄岗墟等地，彻底消灭了陈炯明的反动势力，收复了东江，巩固了广东的革命根据地。

"我不是为做官而来的"

1927年4月12日，蒋介石在上海发动政变，到处捕杀中国共产党人和工农群众。为此，郭沫若在报纸上发表檄文《请看今日之蒋介石》。这时，唐克正调任国民革命军第三十六军第二师第三团政治指导员。唐克看到这篇气势磅礴的文章后，马上将文章作为教材，向全团官兵广为宣传，提醒大家要提高警惕，准备应付即将出现的复杂局面。并结合实际，编写《政治讲义》。唐克在《政治讲义》中提出："我们为什么要革命？为什么要打倒北洋军阀？旧军阀没有打倒，新军阀又在抬头，这新军阀是谁？"

唐克烈士故居

唐克的《政治讲义》公布后，立即遭到反动势力的怀疑，甚至有人向师长唐明哲告密，说唐克是共产党员。

没有多久，蒋介石在军队大搞"清党"运动，公开打出清除共产党的旗号，动用军队和警察拘押共产党人。

唐明哲是湖南人，有意庇护唐克，就把唐克喊到自己的家里说："你究竟是不是共产党？早段时间，别人多次向我告密，我今天就想问问，你是不是！"

唐明哲的问话，让唐克知道自己的身份还没有暴露，就模棱两可地说："1925年1月，我考入黄埔军校第三期政治科，在军校，我勤读苦练，深得校长表扬。尔后，两次参加东征，在攻打惠州城时，被指派为敢死队长，敢死队是第一支冲进北门的战斗队。后来，调到您的麾下至今。师座如果觉得我像共产党，就把我枪毙好了，我绝无二言。"

唐克没有说自己是共产党，也没有说自己不是共产党，让唐明哲抓不到把柄，不好再继续追问。再说，唐克的军事才华是他所喜欢的，因此，有意想拉拢成为自己的人，于是，惺惺相惜道："如果你是共产党，我帮你办理一切自首手续。"

唐克一听，立即站起来，解下配枪放在桌上说："师座既然不相信唐某，就把我抓起来好了。"说完，站在原地一动不动。

唐明哲被他的不屈气势所感染，笑着说："你不是共产党，也不是蒋某的人，看来，我们两个是一条船上的人，等'清党'完了，你到师部来做我的参谋长如何？"

唐克没有回答，而是机智地借用唐明哲的原话回答道："谢谢师座厚爱，一切还是等'清党'完了再说吧。"

当天晚上，唐克找到地下党负责人，将唐明哲怀疑自己是共产党，以及笼络自己的话作了详细汇报。

地下党负责人认为唐克身份没有暴露，为了避免意外发生，经上级组织同意，唐克向唐明哲递交了辞呈，在组织的安排下，带着谍报员唐建科从河南来到武汉。武汉党组织写了介绍信，要他去找第二方面军警卫团长、共产党员卢德铭。

卢德铭率领的警卫团，全称为"国民革命军第四集团军第二方面军总指挥部警卫团"。1927年6月，张发奎在北伐途中从河南撤兵回武汉，由原来的第四军军长升任第二方面军总指挥。7月，张发奎组建警卫团，辖四个营，黄埔军校第二期毕业的共产党员卢德铭被张发奎点名为团长。

卢德铭在黄埔军校期间，由周恩来介绍加入中国共产党，是唐克的学兄，两人在攻打惠州城就熟悉了。

唐克找到团部，见到卢德铭，两个黄埔军人也没有过多的客套，直接进入主题。

卢德铭说："警卫团除了三营三连连长一职空缺，其他岗位都已满员。如果不嫌弃，先去当连长，这可是降格使用啊。"

唐克摇摇手说："只要为党工作，何必在乎这些虚职？哪怕是当班长我都愿意。"

卢德铭一听，非常高兴，连忙打电话让三营营长余洒度前来接唐克，唐克连忙阻止说："还是我自己去吧，没有必要兴师动众。"

在去三营的路上，唐建科心里有些不满，打抱不平地抱怨道："你是团政治指导员，组织上把你安排到警卫团，不说提拔当团长，最起码也给个副团长当啊，这下倒好，撸成连长了。"

唐克笑笑说:"亏你还是我从阳甸村带出来的,你的党龄也有一年多了,应该有大局意识啊。"接着,唐克又说:"我们是为革命而来的,不是为当官而来的,不管在什么情况下,首先应该考虑本职工作和党的需要啊。"

数天后,卢德铭在余洒度的陪同下,来到三营三连检查工作,卢德铭让随行记者给自己和唐克、余洒度合拍了一张照片,拿到照片,唐克在背后写下"走光明之路"和"昔者汉班超投笔从戎,志欲封侯万里。今吾辈则不然,抱努力革命之精神,而求中国之自由平等,解放全世界人类于倒悬也!"的留言,展现了一个共产主义战士大无畏的革命气概。

寻找光明之路

1927年7月30日深夜,警卫团团部还亮着灯,卢德铭、辛焕文、唐克三人正在密谈工作。刚才,卫兵送来两封电报,一封是第二方面军总指挥张发奎从九江发来的,命令警卫团乘船迅速开到九江待命;另一封是南昌起义前敌委员会周逸群发来的,要警卫团迅速赶到南昌参加起义,形成一股强大的革命洪流。

唐克认为,南昌起义已经公开打出了中国共产党的旗帜,警卫团必须坚决响应党的号召,迅速开赴南昌。

卢德铭却在分析张发奎调动警卫团的目的,他说:"警卫团是我党借张发奎欲扩充力量,协助其组建的一支武装队伍,现在有编制四个营,除第四营外,团、营、连、排、班的骨干力量皆由我党人员组成,政治基础很好。张发奎调动警卫团到九江,是他清楚我们这支部队的情况，所以，他想在九江对我们缴械。"

唐克说："当务之急，是想办法尽快摆脱张发奎的控制，赶到南昌。"

在一番商量后，三人的思想碰撞出智慧的火花。

卢德铭对唐克说："我说你写，马上整理出来。"

卢德铭一字一句地道："第一，坚决响应南昌起义，不回张发奎的电报；第二，立即组织兵力去南昌；第三，只带一、二、三营走，把四营留在武昌。为了保守机密并争取时间，给张发奎造成警卫团去九江的假象。部队出发时，仍用船舶输送一段路程，待到湖北阳新县的黄颡口再上岸，徒步经江西武宁、涂家埠，直奔南昌。"

为了壮大军威，第二天，受卢德铭委派，唐克前往武昌中央军事政治学校进行秘密宣传工作，争取到该校师生同警卫团一起行动。

8月2日，由唐克带领的中央军事政治学校师生和卢德铭的警卫团5000人，租用武汉招商局的4条船从武昌出发。

临上船时，唐克发现第二方面军宪兵营赶到码头，急忙向卢德铭报告。卢德铭亲自出面和宪兵营营长交涉，才得知是奉张发奎命令上船同行，名义归卢德铭指挥，实际上是来监视警卫团行动的。

船到黄颡口，卢德铭决定马上解决宪兵营的武装，避免不必要的麻烦。当卢德铭向宪兵营宣布起义的消息时，宪兵营营长执意要去九江，不愿意参加起义。卢德铭快速做出决定，宪兵营每连配发5支步枪，并保证去九江路上的粮食和菜金，其余枪械全部收缴，消除了隐患。

8月7日，警卫团翻过阜山，顺利到达江西武宁县，正式宣布起义，成功地脱离了张发奎的控制。

卢德铭打算寻找南昌起义部队，经侦察得知，南昌起义部队在给敌以重创后，离开南昌向广东转移。这时，警卫团在奉新接到中共湖南省委书记夏曦的指示，南昌起义部队大战在即，缺乏有作战经验的干部，调辛焕文、卢德铭、韩浚3人经武汉、上海到广东去找起义大军。

临行前，卢德铭主持召开团营连排干部会议，宣布了湖南省委关于卢德铭、辛焕文、韩浚调离警卫团的决定，同时，任命余洒度为团长，唐克为团政治指导员的决定。会议结束后，卢德铭同唐克做了思想交流，并把余洒度的情况做了说明。

卢德铭等人走后，由于脱离了国民党军，警卫团暂时又没有与南昌起义部队会合，部队处于没名没分、没粮饷，也没思想的状态，稍有差池，警卫团就会军心涣散，甚至直接散掉。根据这一特殊情况，作为团长，余洒度要做的就是如何解决警卫团的吃喝问题，于是，他想到了江西省主席朱培德。

朱培德是江西王，在国共两党的关系上，保持中立态度。因此，余洒度第一时间就想到找朱培德要编制、要解决吃喝的问题。作为团政治指导员，唐克坚持自己的反对意见，并将意见向团党委提出，却遭到余洒度的打压，被错误地撤销一切职务，还差点被开除党籍。

当朱培德答应将警卫团改编为江西省边防军暂编第一师时，唐克再也压抑不住内心的愤怒，毅然带领唐建科前往中共湖南省委汇报，毛遂自荐地要求到国民党统治薄弱的零陵、道县、江永、全县、兴安一带组织武装暴动。

血染龙州

1930年1月初，正在香港治疗毒疮的唐克，奉命由香港奉命抵达广西龙州，准备参加党领导的龙州起义。

龙州起义于2月1凌晨举行，下午，总指挥李明瑞宣告红八军诞生，并成立左江革命委员会，唐克被任命为红八军军事顾问，随即又被任命为红八军政治学校大队长，甘湛泽兼任校政委，政治学校主要任务是培养下级军官。

1930年3月15日，唐克带领政治学校学员去龙州下冻发动农友群众丈量土地、分田分地。这时，李明瑞指出"红军应向外线游击，扩大影响"，得到了党中央的认同，率部进入贵州境内，奇袭榕江县城，缴获颇丰，有力地震慑了敌人，引起蒋介石的恐慌，立即电令桂系军阀黄绍竑向龙州进攻。

唐克和学员们到下冻工作的第三天，就接到军部紧急命令：速返龙州，参加战斗。

当时，红八军因兵力分散，计划向红七军靠拢。未等红八军集中，敌师长梁朝玑调集四个团，以三倍于红八军的兵力，从东、北、西三面围攻龙州。而龙州只有红八军的三个营和一个赤卫大队，总人数不到1000人。

面对敌人的进攻，红军战士奋起迎敌，同敌人展开激战。经过多次战斗，敌人尸横遍野，红八军也伤亡严重。

唐克率政治学校学员从下冻返回龙州途中，不断受到土匪截击，到达龙州郊外的五里亭，又同梁朝玑的部队展开遭遇战。在敌强我寨的情况下，唐克决定避开敌军主力，绕道城西公母山，杀进龙州城。在双凤街大榕树下，又发现敌军主力包抄过来。唐克指挥学员发扬不怕牺牲的精神，坚决守住双凤街，不让敌军前进一步。

这时，各班弹药告急。唐克对甘湛泽说："再这样打下去，只能全军覆没。"

甘湛泽看了一眼唐克道："仗打到这个关口上了，你说怎么办？"

唐克坚决地说："军部联系不上，敌人在不断增加兵力。政治学校100多个学员，在这场战斗中，伤亡70人，现在能够坚持战斗的只有30人。"

甘湛泽说："你是大队长，有最后的决策权。"

唐克让通讯员把副大队长张祖荫从阵地上喊过来，他严肃地对甘湛泽、张祖荫说："为保存有生力量，我以大队长的名义决定向凭祥一带突围。"接着，他部署道："我们三人各带十人为一组转移。政委带一组由东门向凭祥撤退，祖荫同志带一组向南门撤退，我带一组向西门黄家祠逼近，牵引敌人兵力，争取杀进城内与我们的同志会合。"

在唐克的指挥下，三人带领各自的小组采取相互打援的办法有序撤退。

敌军发现唐克的意图，派出两个排的兵力从西面迂回拦截，双方在太山街短兵相接。在激战中，唐克的通讯员英勇牺牲。为摆脱敌军，唐克带领战士们来到南门渡口，就在准备渡江到黄家村时，一股凶残的敌人又猛扑过来，唐克指挥战士猛烈还击，突然，一颗子弹打来，唐克腹部受伤，面对十分严峻的局势，唐克让战士们更换便衣分散转移。

化装成老百姓的唐克刚走到南门渡口就被敌军截住。敌人问他话，唐克不懂当地语言，敌人就逮捕了他，把他押到敌连部。

敌连长正要审讯，一个营长走了进来。看了一眼唐克，心里暗暗吃了一惊，这不是在黄埔军校的同班同学唐克吗？

唐克也认出了这位桂军营长梁从云，两人在军校时关系就很好。唐克在心里说：真是倒霉，怎么就碰上了这个梁从云呢？如果他不念同窗情，自己随时都有牺牲的可能，革命也就到底了。

就在唐克不断揣摩时，梁从云也在盘算如何救昔日同窗的性命，于是，两人心照不宣地装作不认识。

梁从云走到唐克面前，拔出手枪，对准唐克的额头恶声问道："你是共匪？还是逃难的老百姓？说实话！"

唐克猜出了他的用意，刚要搭话，敌连长连忙邀功道："报告营长，还没有来得及审问。看他鬼鬼祟祟的样子，又不会讲我们的话，一定是派来的共匪。"

梁从云斜了一眼敌连长，慢吞吞地说："共匪都是拿枪拿刀的，手上茧子蛮厚，你看他手上有没有老茧。"

敌连长抓起唐克的手看看，对梁从云摇摇头。

梁从云训斥道："共匪额头上又没有刻字，在龙州城，不会说壮语的很多，难道都是共匪？我看这个人蛮老实，不像打打杀杀的共匪，赶快把他放了，免得漏掉真正的共匪。蒋委员长晓得漏掉共匪，要满门抄斩的，你就不害怕？"

敌连长是个应声虫，马屁拍惯了的，赶紧将唐克轰了出去。

唐克出了敌连部，低头急急忙忙地走，从一条偏僻的小巷子误入双凤街，迎头碰上挨家挨户搜查的特务团，特务团团长屠福生是他在黄埔军校的教官，两人一个照面，都认出了对方。

"唐大队长，见了教官也不敬礼？忘记了军校的校训？"屠福生边打量唐克边接着说："你改头换面准备去哪里？去找你的上级李明瑞总指挥？"

唐克见状，知道屠福生不会放过自己，鄙夷地说："教官忘记了先总理遗训，背叛革命，现在还有脸问黄埔校训？"

恼羞成怒的屠福生命令士兵把唐克押到敌师部，告诉敌师长梁朝玑，唐克是红八军顾问、政治学校大队长。梁朝玑听后，马上给唐克斟茶，嘴里说："唐大队长，只要把你晓得的情况如实写给我，我举荐你当本师参谋长，荣华富贵任你享受。"

唐克轻蔑地一笑，说道："我确实要把我心里的话写出来，让你知道，让全世界的人都知道。"

梁朝玑听了，兴奋得让人赶快找来纸笔，恭恭敬敬地放在唐克面前，唐克也没有多想，挥笔疾书写了整整五页纸，写好后，他对梁朝玑说："请给我一个信封。"

梁朝玑把信封放在唐克面前，看着桌子上的白纸黑字，心里不由窃喜道："我可以看看吗？"

"光明正大的书信，谁都可以看。"唐克一脸的讥笑。

梁朝玑狐疑地拿起一看，马上大发雷霆。原来，唐克写的不是"交代"材料，而是留给父母和妻儿的家书，他在信中写道："我是一个坚决的无产阶级者，一心要为天下的劳苦大众谋求解放。当你们看到这封信时，我已经牺牲了，希望你们不要悲伤。我为共产主义而死，你们应为我的死而感到自豪……"

梁朝玑把信摔在地上，指着唐克气势汹汹地问："你真的不怕死？"

唐克横眉冷对道："为真理和信仰而死，有什么可怕的呢？我相信，我的血不会白流，共产党的旗帜，会越来越红，红遍祖国的大江南北！"

梁朝玑恶狠狠地说："你相信你的真理，相信你的信仰，难道就不相信我的子弹？"

唐克仰天一笑，道："你的子弹可以把我打死，却打不死刻在我骨子里的真理和信仰。我们的真理和信仰，只会令你颤抖，让你害怕，让你灭亡！"

梁朝玑见唐克态度强硬，抱定必死的决心，喊来行刑队，将唐克五花大绑押到龙州北门外。在高高的山岗上，在挺拔的松树下，唐克高唱《国际歌》，大义凛然地面对死亡的来临。

第二章

▼
▽
▼

红色

传奇

陈为人："一号档案"的守护神

寻求光明

陈为人像

1932年12月，陈为人受中共中央派遣，负责中央文库的管理工作。他在与党组织失去联系的极端困难条件下，保卫了中央文库的安全。陈为人两次入狱，身体遭到严重摧残，终因医治无效，于1937年3月13日在上海病逝，年仅38岁。为了表彰他对中国革命所作出的杰出贡献，在1945年召开的党的第七次全国代表大会上，追认陈为人为革命烈士。

陈为人出生在百家美村，由于家里贫穷，经常受人欺负，一家人只好住到祖母的娘家八百美村。

有一次，陈为人坐在牛背上看书看得太入迷了，牛到了主人家的屋边还不晓得，几个富家子弟看见了，把陈为人从牛背上拖下来按在地上当马骑。几个高大的富家子弟轮流骑在陈为人瘦小的背上，骂陈为人读书是癞蛤蟆吃天鹅肉，把陈为人的书也撕烂了。陈为人祖孙数口寄人篱下，遍尝人间冷暖和世态炎凉。陈为人受到这样的欺负，父亲陈昌寿在八百美村是无论如何也待不下去的，只好移居自然条件更恶劣的大路铺五里营村。在山下搭了一间茅屋，靠租种地主家的田地维持生计。后来，陈昌寿攒了一些积蓄，全家移居大路铺开了一间小杂货店。两年后，又搬回祖籍沱江镇百家美村，买了几亩田地，修建了青砖黑瓦的房屋，总算是安定了下来。陈为人白天做完农活，晚上便读书写字，他凭着坚持不懈的努力自学读完了初小。

1918年，陈为人以优异成绩考入衡阳三师。为激励学生，学校确定"公勇勤朴"为校训，并以"诚"字作为校训的中心思想，内容包含德育、智育、体育几个方面。他认真读书，修完了师范本科的国文、外国语、历史、地理、数学等全部课程，成绩位居班级前列。陈为人不仅学习认真，而且善于思辨。一次，在博物兼修身课教师蒋啸青的课上，蒋啸青向学生提问："现在社会上有三种人，一是放火，二是救火，三是观火，哪种人最坏呢？"

很多同学站起来回答说："当然是放火的人最坏。"

蒋啸青把目光转向陈为人，陈为人站起来，有条不紊地说："试想，如果放火烧掉了人们清除的垃圾废物，烧掉了腐败的清王朝，这也是最坏的人吗？"陈为人的回答得到蒋啸青的高度赞许。

五四运动爆发后，陈为人与蒋先云、夏明翰等人积极组织学生参加反帝反封建的爱国运动和驱逐北洋军阀、湖南督军张敬尧的斗争，曾一度被反动当局开除学籍。1920年3月，陈为人回到江华县申请到部分赴法勤工俭学旅费，到达上海后，受到反动当局阻挠，没有成行。在羁留上海期间，身无分文，靠卖红薯为生。正在饥寒交迫之时，遇到同乡李启汉，经李启汉介绍，结识了张太雷、罗亦农、刘少奇等人，参与筹组中国共产主义青年团的工作，并成为中国共产主义青年团第一批团员。

重任在肩

1927年8月7日，著名的八七会议在汉口召开。会上，党中央提出要加强对东北地区的革命斗争，实施统一领导，建立中共满洲省委，由陈为人担负组建中共满洲省委的重任。

沙雾弥漫的沈阳城郊，一对年轻男女急步走在一条行人稀少的街道上。年轻男子身着一件半旧的黑色长褂，头戴一顶黑色毡帽，帽檐下锐利的目光不经意地扫过暗处角落鬼祟的身影，轻声对身旁的女子说道：“慧英，看来情况十分严峻，我们要想办法尽快与组织取得联系。天快黑了，我们先找个地方住下吧。”

年轻女子点点头，两人的身影很快消失在街尾一家不起眼的小客栈里。这对青年男女便是奉命到东北地区组建中共满州省委的陈为人和他的新婚妻子韩慧英。

“东北地区的组织遭到严重破坏，必须及时建立党的领导机构——中共满洲省委，领导恢复和发展党在东北的组织，开展党在东北的各项工作，以呼应全国的斗争，中央决定派你担任省委书记。”临行前，中央政治局委员蔡和森的嘱托一直萦绕在陈为人的心头。

连日来，陈为人为了与东北党组织取得联系，马不停蹄地走遍了东北地区的各个接头点，可惜，接头点不是人去楼空，就是暗藏敌人的埋伏。

这天，饥寒交迫的陈为人行走在哈尔滨的街头，正在一筹莫展之时，忽然，街墙角隐蔽处刻着的一个熟悉标记让他心中一阵欢喜："这不是组织的接头暗语吗？"发现了目标，他快步随标记转入小巷，在一间低矮的平房里，他见到了中共北满地委书记吴丽石。

吴丽石哽咽着说道："为人同志，你来得太及时了。我们的同志很多被捕，党在东北的各级组织彻底瘫痪。"接着，吴丽石向他汇报了同志被捕、原定筹备重组满洲省委的工作无法进行的情况。为了加快重组工作，两人就着昏暗的灯光，研究起重组满洲省委的具体事宜。

1927年10月24日，在哈尔滨市道里七道街阮节庵家，陈为人主持召开了东北地区第一次党员代表大会，出席会议的各地党员代表14人，代表哈尔滨、大连、奉天、长春等地区200多名党员。陈为人传达了八七会议精神和党中央建立东北党的领导机构的指示，会议通过《我们在满洲的政纲》《满洲工人运动决议案》《满洲农民运动决议案》等文件。这次会议，宣告东北三省党的统一领导机关——中共满洲临时省委正式成立。根据中央提议，选举陈为人为省临委书记兼宣传部部长、秘书长，吴丽石为组织部部长兼农运部长，王立功负责工运工作。省临委还决定，任命张任光为团省委书记，韩慧英做妇女工作，调北满地委书记胡北三做军事工作，将省委领导机关设在奉天。

在筹备成立满洲省委期间，陈为人就开始注意对农村的阶级状况做调查，了解到土地大部分在地主阶级手中，分租给了佃农。地主阶级、封建军阀、官僚资本和帝国主义互相勾结，通过地租与纳粮、高利贷、官银号、苛捐杂税等手段，对农民进行残酷剥削和压迫。军阀地主阶级占有的土地日益增多，千百万农民破产。根据这一情况，陈为人亲自为满洲省临委起草《农民运动决议案》等文件，提出农民运动的中心口号是"推翻地主军阀的政权与彻底的土地革命""没收地主土地"等。1928年1月底，中共满洲省临委第二次党员代表大会在奉天召开。他们代表东北地区250多名党员，陈为人代表中共满洲省临委作《政治党务报告》，总结了上届省临委的工作，提出了今后的工作任务。

1928年秋天的一个傍晚，陈为人偕同周恩来到达福安里19号省委机关这幢青色砖瓦的普通平房里，韩慧英按地下工作纪律，自觉回避，坐在进屋的门边观察外面的动静。在这里，陈为人向周恩来汇报了党在东北的工作情况。同时，又和其他省委成员认真地听取周恩来对党在东北地区工作的指示和党的六大会议精神的传达。这之后，陈为人陪同周恩来会见兵工厂的年轻工人。

1928年9月，陈为人主持召开东北地区第三次党员代表大会。会议决定改中共满洲省临委为中共满洲省委，陈为人任省委书记。

"一号机密"的守护神

1931年4月，中央特科负责人顾顺章叛变组织，供出武汉地下交通机关，上海地下党组织面临着灭顶之灾。中央局决定转移到中央苏区，但必须要选出中央文件档案的保管人选，周恩来不假思索地说出了"陈为人"的名字。

这是一个冷月高照的夜晚，周恩来身穿黑色长风衣，戴一顶黑色礼帽来到陈为人家中，亲自向他布置了守护"中央文库"的任务。

"为人同志，中央决定由你担任保护'中央文库'的任务，你有什么意见和困难，全部提出来。"在昏暗的灯光下，周恩来用炯炯有神的目光注视着陈为人。

陈为人搓搓手，温和地笑着说："既然党相信我，把这么重要的任务交给我了，我还能向党组织讨价还价？"

周恩来拍拍他的手背道："你陈为人是一个对党绝对忠诚的共产党员。在监狱里，你吃尽了苦头，保守了党的机密。现在，党的重要机密都交给你了，我代表党组织要求你，不论付出多大的牺牲，都要保护好这些文件。"

"恩来同志，我会以生命来保护这些文件，请转告党组织。"陈为人很诚恳地说。

周恩来叮嘱道："千万不能有生命闪失啊。如果党的重要机密文件落入敌人的手中，将会给党的事业带来难以估量的损失。"

陈为人站起来，面对周恩来举起右手发誓："人在文件在，我以生命保护党的文件！"

为了保护中央文库，陈为人开设了一家湘绣店。夫妻俩又在法租界霞飞路租住了一处高档住宅，房东是个白俄老太太，住在他们的楼下。房东白俄老太太的儿子是租界的巡捕，每天都在大街上抓捕共产党员和进步人士。而陈为人夫妇相信最危险的地方就是最安全的地方，所以，陈为人夫妇将数量庞大的机密文件全部藏在租界警察的家中。

　　为了不让人怀疑陈为人夫妇的身份，党组织专门为陈为人一家购买了高档的家具作为掩护。白天，陈为人夫妻在外经商，出手阔绰，生活悠闲，一派生意人的模样。晚上关了店门，来到三楼密室，关紧窗户，拉上密不透光的窗帘，在昏暗的台灯下通宵达旦地整理文件。为了能让20多箱档案的体积缩小，便于保存和转移，他们将誊写在小说和报纸上的信函抄录下来，将原本写在厚纸上或者字体比较大的文件重新誊抄在薄纸上进行裱糊，剪去四周的空白处，再将所有的文件按照时间、地区等方式分类整理，重新装入箱中。

　　陈为人记住周恩来的吩咐，那天晚上，他们谈得很晚，临走前，周恩来再次叮咛道："在文件没有移交前，必须做到不参加任何党组织的会议、集会、游行示威等社会活动；不与党组织的任何人联系；如果住处出现陌生人，即便是没有工作联系的党内同志，都必须火速撤离，第一时间转移文件。"

　　陈为人说："我一定记住组织纪律，严守党的机密。"

　　周恩来走后，陈为人抱着和中央文库共存亡的信念，无论转移到哪里，储存中央文库的房间中央总会安置一个大火炉，旁边放一盒火柴，一旦出现了无法挽救的局面，就把文件丢进火炉，玉石俱焚。夫妻俩做好了全家人随时丧生火海的准备，决不让党的机密落入敌人的手中。

　　1935年2月，由于叛徒告密，绰号叫"张老太爷"的张唯一寓所遭到特务的破坏，韩慧英去张家取文件时，被守候的特务抓住。陈为人得悉妻子被捕后，首先想到的是怎样立即采取措施转移文库。他化名张惠高，以木材行老板的身份，用每月租金30块银圆的高价，在小沙渡路合兴坊租下一幢二层楼房，带着3个孩子和全部"家当"搬迁转移。

陈为人同党组织中断了联系，也失去了经济来源。他独自一人既要挑起保全文库的重任，还要照顾抚养三个孩子，处境之艰难可想而知。

为了保护党的机密，陈为人写信给远在河北当小学教师的妻妹韩慧如，说她姐姐"病重"，请她来沪"探望"。在失去党组织联系的两年中，陈为人为保管好党中央秘密档案，呕心沥血，艰苦备尝。要想保证文库万无一失，他必须首先凑齐付清每月30块银圆的房租，然后才能考虑全家的伙食费。最初，靠韩慧如带来的300元积蓄勉强维持，后来，只能靠典卖度日。他把二楼的家具、衣物等所有能换钱的零星杂物都变卖一空。为了避免外人怀疑，一楼的家具摆设仍纹丝不动。最困难的时候，由弟弟陈立人到远离小沙渡路的菜场拣人家扔下的剩菜叶回家充饥。

冬天，山芋便宜，每天只能吃上两餐山芋粥。生活的艰难不能动摇陈为人的坚定党性和坚强意志。他白天挨饿，晚上依然拼命工作。长期的饥饿和劳累使他心力交瘁，加上两次监狱生活染上严重肺病，又在急剧恶化，他骨瘦如柴、咳血不停，但崇高的理想和信念支撑着他坚守岗位。

1936年，党组织通过李淑清的关系将韩慧英营救出来。为了生计，韩家姐妹一同外出教书谋生。韩慧英来到培明女中附小当教员，通过逐步了解，她确定训育主任罗叔章是地下共产党员，并且，通过她终于和地下党组织取得了联系。这年秋天，陈为人戴着礼帽，穿着灰绸夹长袍，来到一家饭店楼上同中央特科负责人徐强接头。

徐强见到陈为人，非常吃惊地问："你脸色苍白，身体瘦弱，还在大口吐血，你的病很严重吧。"

陈为人用手帕擦擦嘴巴上的血液说："肩上的担子重啊！找到你，我全身就轻松了。"

中央特科负责人徐强见到陈为人的样子，害怕出现差错，决定立即转移全部文件。第二天，陈为人亲自押着两辆三轮车，把秘密档案送到法租界顺昌里7号一幢石库门房子。移交完文件，陈为人蹲在地上口吐鲜血昏倒在地。

陈为人以顽强的革命意志克服重重困难，用生命保卫了中央文库的安全，把中央文库大量党的机密档案和珍贵历史文献全部完整安全地交给了党，用青春和热血铸就了光辉的历史。

李启汉：中国"工运"的卓越先驱

1915年，李启汉考取
湖南省立第三师范，这一
时期，他参加了蒋先云、
黄静源等人发起的学友互
助会和"心社"，并成为
凝聚进步青年开展五四斗
争的根据地和先锋组织，
李启汉和许多进步青年成
为共产主义青年团和中国
共产党的早期成员，成为
中国青年运动和工人运动
的闯将。

李启汉像

参与成立中国第一个共产党组织

五四运动后不久，随着马克思主义在中国的传播及其同中国工
人运动的初步结合，建立工人阶级政党的任务被提上日程。

1920年初，李大钊、陈独秀等开始建党的探索和酝酿。4月，俄共（布）西伯利亚局派维经斯基等一行来华，了解中国情况，考察能否在上海建立共产国际东亚书记处。此时，27岁的维经斯基，公开身份是俄文《上海生活报》记者，一直带有"采访"任务，由于不会说中文，旅俄华人杨明斋为他担任翻译。

在北京李大钊住处，李大钊向维经斯基介绍酝酿建党的经过。维经斯基提出要尽快赶往上海面见陈独秀，同时，建立共产国际东亚书记处。

李大钊有些不解地问："北京的条件比上海要好，你们为什么要把书记处建在上海？"

维经斯基耸耸肩道："上海是中国最大的工业中心，有着数量众多的产业工人，聚集了一批具有初步共产主义思想的先进知识分子，具备建立共产党组织的条件和优势，自然是进行共产主义宣传的最佳地点。李先生，您说是吗？"

李大钊见维经斯基说的话无懈可击，就表示同意，说道："维经斯基先生，我同意您的观点。"

维经斯基邀请道："去上海与陈先生见面，我想邀请您一同前往，不知意下如何？"

李大钊抱歉地说："我目前有事在身，无法陪同您去，委托李启汉先生陪诸位到上海。"

维经斯基听了，对李启汉点点头，表示认同。

第二天上午，李启汉陪同维经斯基、杨明斋等人乘上南去的火车。到达上海，李启汉叫了三辆黄包车，直奔预定好的永安百货楼上的大东旅社。

安顿好后，维经斯基迫不及待地催促李启汉去找陈独秀，经过两天的寻找，最终在老渔阳里2号陈独秀寓所《新青年》编辑部找到陈独秀。李启汉向陈独秀汇报维经斯基来上海的目的，陈独秀当即要李启汉约维经斯基到寓所面谈。

陈独秀见了维经斯基，详细介绍五四运动后的中国。维经斯基则热情地介绍十月革命后的苏俄，在座谈中，积极宣传共产主义，宣传组织共产党，并与陈独秀密商组织共产党问题。同时，带来了大量与共产主义、俄国革命相关的第一手文献资料，为了让不懂俄文的人也能看懂，所带的书还有英文、德文版。

为了安全起见，陈独秀给维经斯基一行安排了临时住所——新渔阳里六号华俄通讯社，从这里到老渔阳里2号，步行只有十多分钟。两人经常在这里会谈，共同商谈讨论建党问题，促进中国共产党的创立。

在陈独秀的介绍下，李启汉除了做一些华俄通讯社的工作外，就找机会接触中国共产党早期的革命家们。他利用得天独厚的优势，经常同陈独秀探讨一些党的工作，逐渐对马克思列宁主义有了更深刻的认识。陈独秀非常喜欢李启汉，经常给他讲马克思列宁主义的理论、分析中国和上海的形势，在陈独秀等人的引导下，李启汉的思想日益成熟。

1920年8月，上海共产党早期组织成立，李启汉成为最早的成员。上海共产主义小组是中国第一个共产党组织，起着中国共产党发起组的重要作用。在其推动下，各地的早期党组织相继成立，为正式成立全国统一的中国共产党奠定了坚实的组织基础。接着，李启汉又开始筹建上海共产主义青年团，团机关设在李启汉居住的新渔阳里六号。经陈独秀倡议，由俞秀松任书记，李启汉作为俞秀松的助手，为青年团的组建做了大量工作，成为最早一批共产主义青年团团员之一。

工运开拓者

20世纪20年代的上海，是中国工人阶级最集中的中心城市。在上海黄浦江东岸的陆家嘴中部地区，有一家英美烟厂，烟厂分新、老两个厂区，工人有8000人。工人们劳动时间长，工资很低，又苦又累，生活艰难。

1921年7月下旬，老厂区发生了一件大事。厂里的洋监工又要克扣工人的工资，一些工人情绪激动找他理论，监工向来蛮横惯了，不但不解释，相反对工人进行殴辱。一时间，群情激奋，老厂的工人们决定罢工。新厂的工人们听说了这事，同样觉得气愤，决定共同举行罢工。工人罢工情绪激昂，却没有人领头有效组织，就像一盘散沙。当时，来自全国各地的13位中共早期组织代表，正在博文女校为即将召开的一大做准备。李达得知烟厂工人罢工的消息后，经过商量，决定派李启汉对工人进行组织和指导。

李启汉来到刘公庙，了解工人的罢工要求和生活情况后，站在戏台上风趣地对大家说："我叫李启汉，专门帮兄弟姐妹们讨债来的。"

叽叽喳喳闹不出头绪的工人一听就愣了，心里想：我们自己都吃不饱、穿不暖，手上又没有多余的钱，只有欠别人的债，哪有别人欠我们债的？

李启汉见工人们不解，就操着学会不久的上海话，笑着对大家说："我们工人没日没夜地整天干活，吃不饱肚子，越干越瘦，越干越穷，这是因为什么？就是因为那些不劳而获的资本家剥削了你们的血汗钱，欠了你们无数的血汗债，是不是这个道理？"他环视了在场的工人，看见很多人点头称是，就开口继续说："因为这个债是血汗换来的，所以，我必须带领你们去讨回来，还你们一个公道！"

　　李启汉的话使工人们开了窍，也获得了雷鸣般的掌声。大家围住他，请他帮忙算算资本家究竟欠了工人多少血汗债？

　　李启汉扳起手指头与工人们一道算起来，扣除烟叶成本、设备的成本，对比市场上香烟价格，事实证明，英美烟厂资本家确实欠了工人很大一笔债。难怪洋老板越来越肥，工厂越开越大。

　　工人们有了讨还血汗债的理由，李启汉继续号召大家挺起腰杆来反对压迫，争取做人的权利。

　　一个年轻的工人问："我们用什么方法来反对剥削和压迫呢？"

　　李启汉认真而又严肃地说："最彻底的办法，就是像俄国工人一样起来闹革命，没收地主资本家的财产！"他见工人的情绪被鼓动起来了，便亮开嗓门大声而有力地说："眼前，我们工人要不分帮派、不分地域、不分男女、不分车间地共同团结起来，叫资本家给我们增加工资，不许他们任意欺侮我们。我们团结的人越多，就越有力量，就一定能够达到目的。"紧接着，他建议工人们立即组织起来，依靠团结的力量，把罢工坚持到最后的胜利。

　　在新、老两个厂区工人的要求下，李启汉吃住在工棚，选出刘凤臣、刘荣才等人为代表，协调、组织和研究罢工。李启汉帮助工人代表起草《罢工宣言》，写出与洋人谈判的条件。在这些条件中，除了工人们原来提出的撤换洋监工、不准虐待工人、增加工资、释放被捕工人外，还增加了不得开除工人代表、罢工期间工资照发等内容。

罢工伊始，洋人对工人的罢工条件不理不睬，他们认为，工人们的胳膊拗不过他们的洋大腿，只要不发工资，罢工的人就会老老实实上工。李启汉识破了洋人的诡计，鼓励大家说："我们罢工一天，每人只损失二三角工资，资本家却要损失几万元，他是拗不过我们的，坚持下去，洋人就会妥协、认输！"

罢工时间一天天过去，外埠烟商纷纷前来英美烟厂催货。英美烟厂的洋人着急了，要洋买办和浦东警察署长强迫工人复工，结果碰了钉子。洋人又抛出500块大洋的诡计，收买老工头王凤山直接破坏罢工。王凤山是上海青帮的小头目，在这次罢工的领头人中，也有他的徒弟在内。他利用师徒关系，诱骗一些工人进厂复工。

眼看大罢工有遭到破坏的危险，李启汉不顾危险，连夜在青帮下层中做工作，他说："工人与工人之间要讲义气，团结一致跟资本家斗争。现今，王凤山在金钱美女的诱惑下投靠外国资本家，不跟工人讲义气，已经犯了帮规，对这样的人，我们还对他客气什么呢？"

李启汉的思想，做进了工人的心坎坎里面去了，第二天一早，当王凤山带领一些人准备进厂复工时，上千工人赶到厂门口进行拦阻。王凤山蛮不讲理，唆使被鼓动复工的工人打人，被李启汉当即制止。一个准备复工的小青年见上了王凤山的当，气愤地拾起半个西瓜皮，装满大粪，扣在王凤山的头上，弄得他满脸满身污秽，臭不可闻，狼狈而去。

经过这件事，李启汉不断反思。他想，王凤山虽然是个工头，但也是工人，他接受资本家的贿赂，诱骗工人上工，无非是黑着良心想多赚几个钱。想到这里，他决定去找王凤山耐心沟通，经过交流，王凤山认识了过去的错误行为，在后来的罢工中，勇敢地走在最前面。李启汉在《劳动周刊》发表文章说："我们对于王凤山君这种反悔是非常欢迎的！还希望王君今后同工人一同走，大家紧紧地结合，以谋大家自己的幸福！更希望别的工头先生们，赶紧觉悟起来，以王君为榜样，急与工人携手，共谋幸福！"

英美烟厂资本家嗅出这次罢工情况异常，怀疑有外来势力"从中煽惑"，指使浦东警署加紧侦查，但已来不及挽回败局。为了尽量减少罢工的损失，洋人只得老老实实地接受工人们提出的条件。由中国共产党组织的上海烟厂大罢工取得了胜利，工人们欢呼雀跃，在鞭炮声中结束了历时三周的大罢工，李启汉也成为上海工人运动的开拓者。

血洒羊城

1927年3月，苏兆征、邓中夏、陈延年等先后北上武汉，准备参加党的五大。根据党组织的决定，李启汉则留在广州，接应邓中夏担任全国总工会和省港罢工委员会党团书记。邓中夏离开广州前，和李启汉进行了一次临别谈话。

邓中夏说："由于革命事业的发展、工作的需要，很多同志都要离开广州，去前方工作。党组织决定留下你在广州担负更重的任务。你的意见如何？"

李启汉回答得非常干脆："完全服从组织安排！"

这时，国民党右派压制工人运动的事时有发生。李启汉和中共广东区委组织部部长穆青、广州工人代表大会主席刘尔松、省港罢工委员会副委员长何耀全等商量，决定于3月16日，以中国共产党广东区委员会、中华全国总工会广州办事处、省港罢工委员会、香港总工会、中华海员工业联合总会、中华全国铁路总工会广东办事处等八个组织的名义发表《对时局的宣言》，要求国民政府实行民族革命的工农政策，实行进步的农村政策，消弭军事势力腐败的危险。可是，革命形势日益恶化。1927年4月12日，蒋介石在上海发动反革命政变。消息传到广州，当天晚上，李启汉立即召开省港罢工委员会全体委员会议商讨对策。

在会上，李启汉提出要求说："当务之急，全体委员一起面见国民革命军总司合部参谋长、第四军军长李济深，向他面陈我们的要求和对人身的保护。"

一位委员有些顾虑，说："蒋介石已经举起了屠刀，在上海残杀我们的同志。李济深与他狼狈为奸，我们此去，岂不是自投罗网？"

"我相信，在短时间内，李济深还不敢对我们怎么样。"李启汉分析时局判断道："他要想对我们下手，就会趁机在12号配合蒋介石对我们举起屠刀。国共两党合作的关系，还没有到说破就破的程度，他还不敢下手。"

何耀全有些担心地提醒说："下手是迟早的事，李济深阴着呢。"

李启汉笑笑说："我们不是他肚子里的蛔虫，他要下手，我们也晓不得。但是，我们要提高警惕。"他用炯炯有神的目光打量了在座的每一个人，坚决有力地说道："不管前面是刀山火海，还是万丈悬崖，为了党的最高利益，我们13号上午9点集合，去见李济深。"

13日上午9点，李启汉率领全体委员敲开了李济深办公室的门。

李启汉开门见山地说："李军长，昨天，蒋介石公然在上海屠杀手无寸铁的工人，封闭工会，对这种卑鄙的行为，我们提出强烈抗议！同时，要求贵军对我等同仁的人身安全，负有责任。"

李济深答非所问，狡猾地说："上海的事情，可能是因为工人有过火行为而发生的不幸。各位可以安心办事，不会有意外发生。"

李启汉紧接着说："中山先生提出的遗训，我想李军长还是记得的，我们希望在广东继续贯彻执行三大政策。"

李济深打着哈哈道："当然，当然，先总理遗训，李某人熟记在心，一日不敢忘记。"

李启汉见李济深敷衍了事，预感到了什么，马上告辞。

回到办公室，李启汉马上召开会议说："刚才，李济深有意回避我们提出的问题，说明局势非常严重了，他心里藏着不可告人的目的。"

刘尔松问："会不会是上海发动反革命政变的风，吹到了广州？"

李启汉点点头说："李济深叛变革命在即。我们当务之急，马上制定应变措施和计划，尽快落实。"

就在李启汉等人忙着制定应变措施和计划的时候，蒋介石的电令随之也到了李济深手中，电令要求，对赤党分子，宁可错杀，不可放过。

14日上午，李启汉、刘尔崧等在越秀南路惠州会馆全总广州办事处召集广州工人代表大会下属各工人干部开会，研究应变措施。敌市公安局谍捕队闻讯前来监视，会议被迫中止。当晚，李启汉再次召开工会骨干会议，决定各工会发动工人罢工，进行工人武装自卫，并制订应变计划。

可是，应变计划还没来得及实施，李济深在接到蒋介石的密令后，立即组成所谓五人特别委员会，任命钱大钧为戒严司令，准备对李启汉等革命者下毒手，这就是后来臭名昭著的"广州政变"。

4月15日凌晨，李济深派出大批军警，分三路进攻工农团体，搜捕和封闭中华全国总工会广州办事处、省港罢工委员会、广州工人代表会等处大肆搜捕共产党人和工农领袖。

李启汉在榨粉街的住所也被包围，他听到外边人声嘈杂，警笛乱鸣，知道大事不好。这时，军警破门而入，逮捕了李启汉。

一个军官问："你是共产党？"

李启汉大声地说："我是搞工人运动的。你要说我是共产党，普天下的工人阶级都是共产党！"

李启汉的话刚落音，凶残的敌军官掏出手枪"砰砰"两声，用罪恶的子弹打穿了李启汉的左右腿。李启汉咬紧牙关，用双手撑住桌子，不让失去重心的身体屈卑在敌人面前，尽管双腿流出殷红的鲜血。当他被两个军警拖着路过南关时，人们看到他怒目而视，大骂国民党反动派卑鄙无耻，并引吭高呼"中国共产党万岁！""工人阶级万岁！"。由于李启汉坚强不屈，入狱不久，中国工人领袖的先驱者李启汉被秘密杀害在羊城。

韦汉：播下红色种子的瑶家人

战斗在水口山

　　1921年10月中旬，在夏明翰的陪同下，毛泽东来到衡阳。在学联办公室，毛泽东开门见山地说："我们的党员，我们的学生，要与工人结合起来。距衡阳不远的常宁县水口山银矿局，矿工住的是草棚、泥屋、石窑。在矿工中流传着一首民谣：'十七十八学做窿，二十七八逞英雄，

韦汉像

三十七八咬牙过，四十七八背竹筒。'这首民谣就是常宁矿工的生活写照。我们不能坐在办公室空喊口号，要走出去，与工人、农民打成一片，才能在真正的意义上实现共产主义！"毛泽东吸了口烟

继续说:"你们要放下读书人的架子,脱掉长衫,深入到农村去,到工矿去!"

衡阳党组织按照毛泽东的指示,积极发展共产党员,1921年11月,在蒋先云、贺恕、黄静源的介绍下,韦汉光荣地加入中国共产党。

一个寒冷的冬天,蒋先云找到韦汉说:"韦汉同志,经过衡阳党组织决定,派你与黄静源、唐朝英,夏明翰、刘泰等一批党团员和进步师生,带上革命书刊和宣传资料,以搞文艺演出的名义进入水口山铅锌矿,你有什么意见?"

韦汉想了一下说:"既然是党组织的决定,我没有意见,一切服从安排。"

蒋先云用力握握韦汉的手说:"祝你们马到成功。"

韦汉问:"什么时候出发?"

"明天一大早,你们步行到水口山。"蒋先云回答。

第二天夜晚,韦汉、黄静源、唐朝英、刘泰等人步行百多里来到水口山,顾不上休息,就分头下工场,进工棚,走家串户,访贫问苦。

这时,快要过春节了,韦汉等人用从衡阳带来的红纸为工人免费写春联。很快,工人们和韦汉等人的感情融洽起来。韦汉趁机站在康家戏台上给工人们讲:"我们工人也是人,吃的是什么?穿的是什么?住的是什么?我们没日没夜地干活,赚的钱到哪里去了?为什么我们这么穷?再看看矿局的老板们,他们吃的是什么?穿的是什么?住的又是什么?他们不劳动却拥有家财万贯。以前水口山的工人与资本家进行过很多次的斗争,为什么都失败了?"

道理深入浅出，工人们齐声问韦汉："这是为什么？"

韦汉接过话题，微笑着说："那是因为大家没有团结起来，没有形成真正的力量。所有的工人团结起来了，才能形成一股势不可挡的洪流！"与此同时，韦汉等人还在康家戏台演出文明戏（话剧），看演出的工人越来越多，韦汉、唐朝英、刘泰等人就轮流在演出前给工人们宣讲马克思主义和俄国十月革命。

只要有时间，韦汉就将带去的留声机放在康家戏台上播放音乐，吸引了一大批青年工人。韦汉便给青年工人分发宣传资料，讲解革命道理，还在康家戏台办起了工人识字班和工人夜校。把马克思主义革命理论和俄国十月革命的伟大胜利编写成简易识字课本，启示工人的思想觉悟。通过演出、办工人识字班和访贫问苦，韦汉将发现的青年工人，培养成中坚分子，吸收他们加入中国共产主义青年团。

1921年12月，中国共产主义青年团水口山支部宣告成立，韦汉当选为水口山团支部书记，是常宁的第一位团支部书记。1922年4月，中国共产主义青年团水口山地方委员会正式成立，为湖南省10个地方委员会之一。

1922年11月23日，中共常宁水口山小组在康汉柳饭店成立，组长蒋先云，韦汉、易礼容为成员。党小组成立后，首先在工人中吸收刘东轩入党。不久，在中共常宁水口山小组的领导下，成立了水口山工人俱乐部，并着手组织轰轰烈烈的、震惊中外的工人大罢工。

1922年12月5日，在韦汉、蒋先云等人的指导下，水口山矿机器全部停止运转，整个矿区一片静寂。俱乐部发布罢工宣言，并通电全国，向矿局提出18项条件，震惊中外的水口山工人大罢工在群情激愤中爆发。经过23天的激烈斗争，矿区当局被迫承认工人俱乐部所提的18项条件，罢工取得彻底胜利，把湘区工运推向最高潮。

成立永州第一个党组织

1924年1月，韦汉受党组织的派遣，从安源煤矿回到江华县，开展建党和农运工作。2月，他任教于江华县立高等小学，担任教导主任，以教书作掩护，秘密从事党的工作。

韦汉在担任县立高等小学教导主任时，校长杨霖不仅嫖赌成性，而且破坏师生革命活动。韦汉决定效法毛泽东在长沙搞的"驱张"运动，驱除杨霖。经过充分的准备，韦汉指示学生会组织学生上街游行示威，并在"劝学所"门前静坐请愿，要求当局罢免杨霖的校长职务。县"劝学所"被迫接受师生的要求，将杨霖调走。1926年春，任命韦汉为代理校长，从此，县立高小成为江华县党的革命活动的一个重要阵地。

在县立高小，韦汉白天则坚持上课，晚上就一顶斗笠，一身麻布青衣，走村串户开展革命工作，常常是风餐露宿，饥一顿，饱一餐，一心扑在革命工作上，根本无暇照顾家庭。

夫人有些抱怨和责怪："你一天到晚不归家，好像这个家就是你的伙铺，想来就来，想走就走。"

韦汉就耐心地进行解释："党在江华的基础还很薄弱，不争分夺秒地组建党的组织，不把农运搞起来，我对得起党的委托吗？"

他搂住妻子的肩膀说："我也许不是一个好丈夫，也不是一个好父亲，等将来革命胜利了，我什么地方都不去，专门在家里补偿你们。"

韦汉利用休息时间，不断找进步学生谈心，馈赠进步书刊，传播马列主义，教育学生关心国家的前途和命运。韦汉联络唐浩、莫兴情等人积极进行党员的发展和筹建工作，先后吸收县立高小教师李芳、杨干和学生曾璜、罗俊平、胡青松、李世禄及县政府职员何时英、沈成平等人入党。

在韦汉的积极组织下，1925年5月底，永州境内第一个中国共产党组织——中共江华县支部成立，书记韦汉，委员唐浩、沈成平，党员有莫兴情、程芳、程有桂、胡青松、罗俊平、李禄、陈智、杨干、何时英等，党支部隶属中共湘南特委。

中共江华县支部建立后，致力于组织发展和群众发动，1926年春，全县党员达到30余人。中共江华县支部决定在党员比较集中的各区建立分支部，随后，中共江华秦山区支部、中共江华城厢区支部相继建立。在党员不断增加、组织不断扩大、斗争不断发展的情况下，根据党的有关规定，中共湖南区委决定建立江华县内统一的组织领导机构。1927年1月下旬，永州境内第一个地方党组织——中共江华县地方执行委员会成立，韦汉任书记，蒋应采、蒋元斋、王贤能、兰世铠等人任委员。中共江华县地方执行委员会下辖江华县支部、秦山区支部、城厢区支部3个党支部，有党员38人，隶属中共湘南特委。

壮志未酬身先死

1937年，"七七"事变，全面抗战的消息传到江华。

瑶族英雄冯绍异是位侠客式的人物，在瑶族中享有很高威望，为了保家卫国，他想组织一支抗日力量，却又找不到解决的办法，急得成天在瑶寨里兜圈子。

一天，他信步来到金田小学，走到学堂前，听见一个年轻的教书先生在大讲特讲外面的新鲜事，冯绍异被吸引在教室外听得出神。经过打听，他才晓得这位先生原来就是曾在大革命时期担任中共江华县执委书记的韦汉，回来掀起革命运动后，为躲避反动当局的追捕，一度隐蔽于广西，直到1935年才回到江华。冯绍异心里想，这个韦汉走南闯北，是一个有见识的人，何不向他讨教？

于是，冯绍异决定以请韦汉吃饭为名，顺便讨教如何抗日救国。

这时，正好下课铃声响起，韦汉拿起讲课夹刚走出教室，就和冯绍异撞了个满怀。

韦汉警惕地问："你找谁？"

冯绍异很认真地说："我找你。"

韦汉以为身份暴露，就苦想脱身之计。他没有想到，眼前的人却打着拱手自报家门说："我是本县冯绍异，刚才听了先生一席话，茅塞顿开。先生如果不嫌弃，今晚请先生到寒舍一叙？"

韦汉见来人豪爽，估计有什么事情相求，也就爽快地答应准时赴约。

冯绍异走后，韦汉问一个老师，才晓得原来他是一位有着爱国情怀的瑶族同胞，心里也就有了惺惺相惜的好感。

天快煞黑了，冯绍异的寨子灯火通明。韦汉大步流星地走了进来，两人握手言欢，在一番推让中，韦汉坐了首席。酒至半酣时，冯绍异突然叹出一口大气，似有难言苦衷。

韦汉看在眼里，嘴角露出一丝不易察觉的微笑，然后斟了杯酒，一饮而尽。他看了看冯绍异，用手指蘸酒在桌面写了一行字。

冯绍异急忙趋前细看，两行龙飞凤舞的草书赫然在目：挥戈斩倭寇，援共锄汉奸。

冯绍异心想：我叹口气的事都被他看穿了，看来这个韦汉是人间奇才啊，有他在，什么事都一定能成。便对韦汉拱手说："韦先生，日本人占领我东北三省，侵我家园，如何才能驱逐倭寇？"

"唤醒民众，实行全民抗战。"

"我想组织瑶族抗日救国军，你看怎么才能搞得成器？"

"现在全面抗战热情高涨，国民党政府也不至于公然反对抗战。要组建瑶族抗日救国军，就要深得民心和取得合法权利。"韦汉站起来，望着窗外摇曳的树枝说："取得合法权利的有利条件有两个，一个是瑶族的特殊性，一个是你跟谢县长比较熟。上次他不是来看你了？要争取他的支持。"

冯绍异听着听着，连日来的愁眉顿时舒展开来，握住韦汉的手激动地说："听君一席话，胜读十年书，就按你讲的办！"

这天晚上，韦汉通宵未眠，奋笔书写《湘南瑶族请缨抗日报告》，在第二天清晨交给冯绍异，由他交给江华县，再电呈省政府。

韦汉在报告中称，湘南瑶族同胞志愿参加抗日人数约10万之众，为保家卫国，请求组建瑶族抗日救国军。省府很快批准了报告，瑶族人民抗日热情陡然高涨，吓慌了永州国民党顽固派，于是，下令逮捕冯绍昪。冯绍昪被捕后，韦汉奋笔疾书，代表瑶汉群众上书省政府，揭露事实真相，历数了"汉奸甘作倭奴之鹰犬，设计摧残热心救国志士"的罪行，要求惩办汉奸，开释救国志士冯绍昪。在韦汉等人的营救下，冯绍昪于1939年3月10日被释放出狱，后回到江华继续奔走大瑶山开展抗日宣传活动，准备重新组建瑶族抗日救国军。不料，3月20日，江华县长张心鉴派兵在小圩鱼凉山中枪杀了韦汉。消息传来，冯绍昪痛哭了一场后，擦干眼泪，毅然冲破重重阻力，重新组织瑶族抗日救国军，驰骋在湘南大地上。

柏忍："为共产主义奋斗终身"

智斗团防局长

1926年8月，中共湖南区委派遣湖南第三师范学校毕业的共产党员乐开梁等回到宁远从事党的活动，筹建党的组织。乐开梁回到宁远，就组织成立宁远县农工筹备处，吸收柏忍等人加入筹备委员会，并让她负责筹建县妇女联合会。

在轰轰烈烈的农民革命大潮中，柏忍机智勇敢，不畏权势。北屏镇（今柏家坪

柏忍母子3人穿着囚服在监狱合影

镇、清水桥镇）团防局局长郑子礼是省议员郑致和的三叔，思想顽固，拒不执行政府移交枪支的命令，柏忍率领北二区农民自卫军来到北屏镇团防局找郑子礼交枪。

柏忍说："三叔公，我是奉命行事，请你交出私藏的枪支。"

郑子礼板着面孔训斥道："你一个妇道人家，天天疯疯癫癫地跟一群痞子舞刀弄棒，成何体统？还守不守妇道？！"

柏忍闻言，几步跨到郑子礼面前，警告说："当今妇女，如果还遵守三从四德，还不被你们活活害死？我们妇女要站起来，要革命，要争取自由！今天，就要革你郑子礼的命！"

郑子礼用文明棍指着柏忍，大声呵斥："你六亲不认，成何体统？难道你想造反！"

柏忍怒目相向，凛然正气地说："我今天就是来造你反的。往日我认得你三公公，今天我是奉令前来收缴团防局的枪支的。你若不把枪交出来，我认不得你郑子礼！"说罢，把右手有力一挥，数百人的农民自卫军蜂拥上前。

郑子礼还想狡辩，柏忍把手一挥，十多个自卫队员围住了郑子礼。

柏忍严厉地问道："郑子礼，团防局的枪，你交还是不交？"

郑子礼还想维护自己的一点体面，颤抖着沙哑的声音，有气无力地说："我是团防局长，身负保护北屏镇的重任，枪，岂能随便乱交？"

"如果你再不交枪，违背政府命令，就以私藏枪支罪马上宣判你的罪行！"柏忍大声地说。

郑子礼一听，吓得双腿发软。他知道柏忍是女中豪杰，说得出做得到，眼珠一转，想来一个缓兵之计，就对柏忍赔着笑脸，边作揖边套近乎说："亲不亲，我们都是一家人，更何况你还是我的晚辈。既然省府有令，郑某不得不执行。我这个团防局长是本县县长任命的，我想，明天去一趟县府，请县府派人来一同验证，也算是交枪仪式，一切费用均由郑某承担，也算是犒劳各位近段时间付出的辛苦。"

柏忍是何等聪明的女子，她一眼就看穿了郑子礼的鬼把戏。为进一步揭穿他老奸巨猾的阴险嘴脸和移花接木的手段，柏忍一针见血地说："郑子礼，你的鬼把戏别人不清楚，我柏忍清楚，在我面前，你休想玩弄鬼把戏。"停了停，她顺手抓过郑子礼的文明棍摔在地上，步步为营地紧逼道："郑子礼，你现在究竟交不交？"

郑子礼被柏忍的正气所震慑，浑身颤抖地边作揖边说："交，马上交。"

柏忍威严地说："交出你的钥匙，打开团防局的库房！"

郑子礼老老实实地交出钥匙，柏忍带领自卫军像潮水般地涌进团防局存放枪支的库房，收缴长短枪20支，弹药不计其数。为了打压郑子礼的嚣张气焰，柏忍亲自率人把他五花大绑，戴上高帽子，让人牵着游街示众。当天下午，又在郑子礼的老家板里园村，清理和收缴全部逆产，分发给穷苦百姓。

永不叛党

1926年12月，经中共湘南区委批准，中共宁远县支部成立，乐开梁为支部书记，李国安为组织委员。鉴于柏忍在农民革命中的积极表现，乐开梁和李国安准备发展她为中共党员。两人商量好后，在一个午后，前往宁远县振坤女校，找到时任校长柏忍，同她举行秘密谈话。

在柏忍办公室兼卧室，乐开梁低声说："柏忍同志，我们一起工作将近半年。经过党支部的考察，我们认为你已经具备成为一名坚定的共产主义者的条件了，你愿意加入中国共产党吗？"

"愿意！愿意！我非常愿意！"柏忍听后，按捺不住内心的激动，接连回答了好几声。

乐开梁和李国安相互对视了一下，李国安说："根据党组织的要求，在入党前，需要进行单独谈话。明天晚上八点，请你到县城文庙后面的池塘边见面，我等你。"

柏忍高兴地点点头。

送走二人后，柏忍压抑不住内心的兴奋，轻轻地哼起了歌曲，让歌声飘出窗外，分享给蔚蓝的天空、九嶷的白云，还有树枝上的雀鸟听。

冬夜的月亮，依然像夏日一样皎洁明亮。柏忍踩着月亮的影子，像一只快乐的小鸟，来到文庙后面的池塘边。

李国安早早地等候在这里，当他看见柏忍走来时，站起来对柏忍低声道："请跟我来。"

柏忍跟随李国安来到文庙右侧第三间房，里面站着宁远县党支部书记乐开梁。李国安把门轻轻关上后，将一张表格递给柏忍，严肃地说："请按表格要求如实填写。"

借着月光折射进来的明亮，柏忍填写完表格，递给李国安。李国安审阅后，说："请党支部书记乐开梁同志找你谈话。"

乐开梁问："你是否确信财产共有制的原理是真理？"

柏忍答道："我确信财产共有制的原理是真理！"

乐开梁问："你的理想是什么？"

柏忍回答："我的理想是实现共产主义。"

"你是否认为有必要成立一个强而有力的组织，以便早日实现这一理想？你是否愿意加入这个组织？"乐开梁问。

"我愿意加入这个组织，永不后悔！"

"你是否愿意承担义务，始终不渝地以言行传播财产共有制的原理？并促进共产主义理想在中国得到实现？"

"我愿意。"

"你是否心甘情愿服从组织的决议？"

"坚决服从组织决议！"

乐开梁严肃地说："请你向绣有镰刀锤头的红旗许下诺言作为保证。"

柏忍举起右手握拳，面对红旗庄严宣誓："柏忍愿以生命为保证，永远忠于中国共产党，为共产主义献身，永不叛党！"

加入共产党组织后，柏忍回到学校，伏案在日记本中写下誓言："永不叛党，为共产主义奋斗终身！"

马列主义的传播者

1927年5月21日，长沙发生"马日事变"，白色恐怖笼罩整个湖南。

为保存革命的有生力量和火种，根据党组织的安排，柏忍带着两个孩子前往道县，以教书为掩护，继续从事革命活动。在课堂上，柏忍不断向学生宣传爱国主义思想，还将进步书籍借给学生。

柏忍在学校传播共产主义思想，引起校方的注意，并将她的活动密告道县反动政府。

一天柏忍正在上课，突然，十多个荷枪实弹的伪警察围住了教室，面对如狼似虎的反动武装，柏忍面不改色。她微笑着和学生们告别，告诫学生们要努力学习，拯救濒危的中华民族。然后，回到卧室，将两个年幼的孩子带在身边。柏忍被关进牢房，惨遭严刑拷打，却始终严守党的机密。乐开梁获悉她被抓捕的消息，当即秘密前往道县，找到地下党人黄性一，要求不论付出多大的代价，必须营救出柏忍。黄性一当时在伪警察局当副局长，由于反动派没有抓到柏忍实质性的把柄，加上共产党员身份又没有暴露，在道县地下党的努力营救下，1928年1月，柏忍被营救出狱。

出狱后，柏忍的公公郑致和时任江华县县长，为了把两个孙子接到身边抚养，假惺惺地托人劝柏忍避居江华。倔强的柏忍在长沙与丈夫郑际旦离婚后，早就与郑家一刀两断，没有了往来。她识破了郑致和"杀媳夺孙"的阴谋诡计，义无反顾地带着两个孩子翻山越岭去找父亲柏焕文。

柏焕文受女儿柏忍的影响，毅然跟随乐天宇参加农民革命运动。"马日事变"后，他在柏家坪的土地和家产，被卷土重来的地主老财强行夺走。空有一身好武艺的他，只好避居广西平乐县教馆。当得知女儿携带两个外孙来到的消息，柏焕文喜出望外，连忙打扫房间，迎接女儿、外孙一行的到来。

在苦难的环境中求生存，在生存的环境中尝尽苦难。一家人在异地他乡重逢，悲喜交加。柏焕文武功高强，但为人谦和，虽然到平乐不久，但他的声名早就闻名遐迩，也结下了众多的人脉关系。

经父亲柏焕文介绍，柏忍到离城不远的一所小学教书。她一边教学，一边继续向学生们宣传马列主义思想。

血染潇湘

1928年冬，湖南大举"清乡"，欧冠被何健委派为宁远县清乡委员会督察员。他遵照何键"宁枉勿纵"的主张，准备从零陵返回宁远。

零陵驻军师长张其雄设宴为欧冠送行，席间，特意送他两把马刀，叮嘱道："回到宁远，这两把马刀如果砍钝了，说明你这个督察员是堪重用的。"

欧冠在宁远县城有"欧剃头"的绰号，谁家小孩子哭嚎不止，只要大人说句"欧剃头来了"，小孩子马上停止哭嚎，躲到大人怀里，由此可见欧冠为人心狠手辣。欧冠回到宁远县城，一心抱着"治乱世、施重典"的格言，大肆捕杀共产党员和革命群众。

柏忍一直以来就被湖南省、宁远县反动当局以"女共首领"的罪名悬赏缉拿。在大革命农运高潮时，柏忍带领农民自卫军捉拿欧冠，被他侥幸逃脱。这次欧冠回宁远，要拿柏忍第一个开刀，以报宿怨。

欧冠得知柏忍潜逃，找到团防局长郑子礼说："柏忍抄了你的家，缴了你的枪，你就不想报这一箭之仇？"

郑子礼怒气冲天地说："奇耻大辱，奇耻大辱啊！"他用力地把文明棍往地下一戳，道："抓住柏忍这个共匪婆，要把她千刀万剐才解恨！"

欧冠问："她现在逃到什么地方躲起来了？找不找得到？"

郑子礼想了想说："听郑致和说，有可能跑到广西一带躲起来了。"

欧冠眼珠一转说："你能不能派一个认识柏忍和他两个儿子的可靠人，化装成货郎，秘密去广西各地走街串巷，挖出柏忍的藏身之所？"

"广西太大了，用一个人去找另一个人，岂不是大海捞针？"郑子礼想到要花费很多钱，心里有些不愿意，就说出这番话。

欧冠猜出了他的意思，虎起脸，摸摸头，把眼睛一斜，盯着郑子礼眼珠子动也不动。

郑子礼心里发毛了，他晓得，这个欧剃头一摸脑壳就要杀人。现在，欧冠握有生死大权，如果自己知道柏忍在什么地方藏身，又不派人寻找，万一他欧冠说自己私通共匪，喊冤事小，稀里糊涂把吃饭的家伙掉了就是大事。尽管心里有些惊怵，还是对其满面笑容，做出皮笑肉不笑的样子。

果然，欧冠把摸着头的手突然往桌子上一拍，鼓起眼珠子道："你晓得柏忍躲在什么地方，现在又不愿意交出来，我看你是想死吧！"说完，拿出张其雄送给他的马刀，就要砍。

郑子礼吓得一魂出窍二魂升天，连忙跪在地上作揖说："我马上安排人前往广西，一定捉拿柏忍。"

第二天早上，一个叫郑贵林的人肩挑货郎担，从宁远县城出发，再由龙虎关进入广西境内。经过一个多月的打探，郑贵林获得了一些柏忍的消息，赶忙来到平乐县郊外柏忍教书的学校。大老远地，郑贵林就看见两个在玩耍的孩子非常面熟，急忙走过去一看，竟然是柏忍的孩子。这真是"踏破铁鞋无觅处，得来全不费工夫"，于是，丢下货郎担，赶到平乐县衙，拿出通缉令，串通平乐县县长，带领七八个伪警察围住学校，把柏忍缉拿归案。

1929年1月，经过欧冠的交涉，柏忍被押回宁远。欧冠先是对她进行诱骗，要她"迷途知返"。当他看到柏忍坚贞不屈时，就对她施以种种酷刑，烙铁烧、皮鞭抽、杠子压、竹签钉，甚至割掉她的左耳和右乳。欧冠使尽各种手段都没有使柏忍屈服。欧冠秉承"宁可错杀三千，不可放走一个"的训令，决定处决柏忍。

4月24日这天中午，宁远县城五拱桥刑场警备森严，挺胸站在监斩台前的柏忍虽遍体鳞伤，但她面无惧色，视死如归。临刑前，她面对人山人海的人群，不断高呼"中国共产党万岁！""打倒帝国主义反动派！"

新中国成立后，柏忍被追认为革命烈士。著名农林科学家、当年的宁远县农民协会委员长乐天宇惊闻柏忍牺牲的噩耗，悲痛不已，称柏忍的牺牲"壮烈悲惨，千古不磨！"。

何宝珍：宁死不熄的美丽火焰

智斗欧阳骏

1922年暑假，何宝珍在共产党员张秋人的介绍下，加入了共产主义青年团，并担任省立女三师团支部书记。

省立女三师校长欧阳骏，将湖南省省长赵恒惕当作靠山，把学校看成是私人乐土，挥霍无度、生活腐化，爱打扮、讲排场，把自己打扮成一个洋人的模样。

她寓居在丁家码头，离学校只有几百步远，却每天要用一辆特制的大红花轿接送其上下班。同时，她对进步学生的进步活动非常仇视，把学运骨干何宝珍、张琼、肖腾芳、邓金声等看成眼中钉、肉中刺，每次来到学

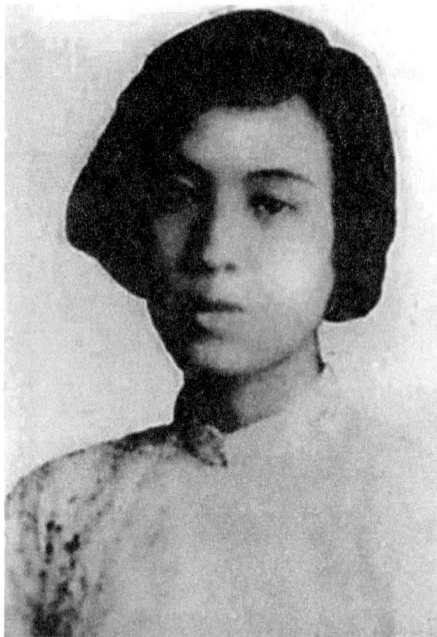

何宝珍像

校，便把她们叫到校政厅训话。何宝珍不服，经常与之据理力争，毫无畏惧，进步学生无比痛恨她，酝酿着对她来一次大反击。

在何宝珍的眼里，欧阳骏是纸糊的花瓶，她要组织力量砸碎这个"花瓶"，从而获得女性的自由和解放。

一天上午，欧阳骏乘坐大红花轿刚从校门口抬进来，何宝珍立即把手一挥，刘波媛、肖腾芳马上围上去大声喊道："来来来，大家快来看新媳妇娘出嫁——"

这一喊，喊来很多看热闹的同学，把"新媳妇娘"围得个水泄不通。

"咿呀呀，你们看，这个新媳妇蛮乖巧的，嘴巴皮上还抹了猪血。"

"哎呀嘞，谁说人家是新媳妇啊，你看这金黄色的卷头发，好像谁家屋里的讨了个外国洋婆子。"

同学们你一言我一语的嘲讽，气得欧阳俊火冒三丈，她刚要装腔作势撒泼一番，何宝珍随即带头喊起了口号，这无异于晴天霹雳在她头上炸响。

"老妖怪欧阳俊滚出女三师！"

"净化校园风气，把洋婆子赶出去！"

"打倒腐败分子欧阳俊！"

欧阳俊见学生人多势众，就想脚底抹油——开溜。何宝珍见状，带领张琼、肖腾芳等人把欧阳俊拖到礼堂门前，戴上事先准备好的高帽子。何宝珍亮开嗓子说："欧阳俊治校无方，贪图享乐，贪污腐败，克扣学生书籍费、伙食费和校服费，伪造发票，中饱私囊，这样的人能够当校长吗？现在，她又无视学生的爱国运动，将我们囚禁在学校不允许外出半步，这是封建社会的一套，我们必须将欧阳俊打倒、斗倒，我们才能获得真正的自由和解放！"

听了何宝珍的演讲，同学们义愤填膺，怒怼欧阳俊。批斗会结束后，在众目睽睽之下，威风倒地的欧阳俊用衣服遮住脸躲进了校长室。

在自修大学

1922年10月的一个下午，剪着齐耳短发的何宝珍走进长沙小吴门清水塘22号，这里住着她心目中的偶像——毛泽东。之前，毛泽东前后数次到衡阳开展革命活动，何宝珍多次聆听过毛泽东的报告，每次听毛泽东的报告，她的思想就会产生新的飞跃。在张秋人、蒋先云的介绍下，毛泽东认识了何宝珍，也留下她对人热情、泼辣、开朗，又有思想的深深记忆。

何宝珍出现在毛泽东家里的时候，毛泽东幽默地说："吾道南来，原是濂溪一脉。什么风，吹动了你的大驾？"何宝珍听了，腼腆地说："润之先生，我带头批斗女三师校长欧阳俊，现在被开除了，张秋人老师让我找您帮忙安排工作。"毛泽东"呵呵"笑起来，故意逗她："我是泥菩萨过河——自身难保，帮你找工作，难喽。"何宝珍听了，委屈得差点流出眼泪，拿起包袱就朝门外走去。

毛泽东见状，连忙伸手挡住，又把站在一旁的杨开慧拉过来介绍道："开慧，这个何宝珍不简单嘞，以后，她就住在我们家，伙食费一概免交。"

杨开慧亲热地搂住何宝珍的肩膀说："润之先生喜欢开玩笑，

别介意啊，有事向我说就行了，以后，我们就是一家人。"

杨开慧拿过何宝珍的布包袱，把她安顿在清水塘右边后面的小屋。安顿好了，毛泽东把何宝珍叫出来说："你初到长沙，人生地不熟，在学习和工作之余，还可以跟在衡阳读书时一样，搞勤工俭学，解决些零用钱。"他转头又对杨开慧说："明天上午，你带宝珍到自修大学去报道。"杨开慧听了，高兴地拉着何宝珍的手说："好呀，我们自修大学又多了一位女学生，欢迎你。"毛泽东交代杨开慧说："别光顾高兴，记得转告何叔衡同志，就说是我毛润之的意见，减免何宝珍所有费用。"

到了吃晚饭的时候，毛泽东问何宝珍："你为什么叫宝珍呢？"

何宝珍不觉一愣，瞪大眼睛看着毛泽东。毛泽东吸了口烟解释道："你聪明伶俐，在家里，一定是父母喜爱的珍珠宝贝。宝珍虽然好听，但太俗气，我看就叫葆贞，取宝珍的谐音好不好？葆贞同志。"

毛泽东边说边用手指头蘸了点茶叶水，一笔一画写在饭桌上。何宝珍见了，心里非常高兴。毛泽东又问："你晓得'葆贞'二字的意思吗？"

何宝珍摇摇头。

毛泽东指着桌面水渍未干的"葆贞"道："葆，是保持、保护的意思；贞，是贞节的意思，其义虽改，读音不变，你觉得如何？"

何宝珍激动地说："谢谢润之先生，我明白您的意思了。"

毛泽东告诫说："做一个坚决的革命者，就要永葆革命的贞节！"何宝珍坚定地点点头："我一定记住润之先生的话，为中国革命贡献自己的一切，永葆革命的贞节！"

第二天上午，杨开慧带着何宝珍来到湖南自修大学。在这里，何宝珍认识了永州老乡、中国共产党创始人之一的李达。李达回湖南任自修大学学长，是应毛泽东的邀请前来讲学的。湖南自修大学是一所传播马列主义、培养革命干部的新型学校，以研究马克思主义、探讨中国革命问题为中心组织教学。

在自修大学，李达主持全校教学，除了辅导学员学习马列主义，还给学员讲唯物史观、剩余价值论、社会发展史等。由于他对马克思主义理论的造诣甚高而又过早秃顶，与列宁的画像很相似，还引出了一个笑话。

杨开慧带着何宝珍走进教室上的第一节课，主讲的正好是李达。同样被女三师开除的学生张琼也来听课，她不断打量讲台上的李达，然后，心怀激动地对何宝珍说："宝珍，给我们讲课的是列宁同志吧，能够听列宁同志的课，这是多么的荣光和幸福啊。"

何宝珍摇摇头小声地说："不像，列宁只会讲俄语。这个老师讲课，话里还带有我们永州的口音。"张琼见何宝珍不信，就说："我看见过列宁的画像，我敢打赌，一定是列宁，下课后，我们去问润之先生。"

下课后，两人找到毛泽东，毛泽东听了哈哈大笑起来，吸着烟说："这个'列宁'，是我委托衡阳三师屈子健先生前往浙江邀请来给你们授课的，至于是不是列宁同志，你们说了算，我说了不算。"

何宝珍通过在自修大学的学习，对马克思主义理论的理解更深了，视野也更加开阔。

安源脱险

1923年春，经毛泽东和杨开慧介绍，何宝珍加入了中国共产党。又在毛泽东的安排下，同刘少奇来到安源。

何宝珍年轻、漂亮，不仅有文化，浑身还有一股子使不完的劲，她的到来，为安源俱乐部带来了生机和活力。刘少奇私下表扬何宝珍道："你一个宝珍，让俱乐部人全变样了。"

何宝珍在工人补习学校教书，没有教材，她就带领俱乐部的教职员编写《平民读本》《工人补习教科书》。工人文化水平低，学习很吃力，她采用参观访问、化装演说、组织辩论等各种教学方法进行模拟教学。

有一次，何宝珍给工友讲《农夫们辛苦了》的课，她先让大家熟读课文，然后，将工友们带到田埂地头听农民讲如何种田耕地。

为防止反动派混入课堂，何宝珍给到夜校听课的学生发放听课证，还安排专人放哨，有陌生人进来，他们就把有革命知识内容的书籍放在识字本底下。除了传授文化知识，何宝珍还在工人中宣传共产主义思想，提高工友阶级觉悟。因年龄小，被工友亲切地称为"小老师"。

何宝珍是一个文艺爱好者，利用空闲，还为路矿工人俱乐部创作部歌：

创造世界的一切，唯我劳工！
被人侮辱压迫的，唯我劳工！

世界兮，我们创造！

压迫兮，我们当解除！

创造世界兮被压迫，团结我劳工！

歌曲反映了工人的心声，深受欢迎和传唱。

1925年中秋节，安源路矿当局资本家盛恩颐一心要扑灭安源革命烈火，消灭安源的共产党组织，勾结湘赣反动军阀，出动军警捕杀共产党人和工人积极分子。

这天晚上，安源的天气格外凉爽。半夜过后，矿工们都进入了甜甜的梦乡。

"汪汪！汪汪！"附近的村子里传来阵阵杂乱的狗吠声。俱乐部原本灯火通明，一瞬间全部熄灭了，整个安源处于漆黑中。紧接着，砸门声、呼叫声、啼哭声响成一片。这时，军警特务将工人俱乐部团团包围，而地下党的同志还在路矿工人俱乐部开会。情况紧急，何宝珍明白，在这种情况下，同敌人硬拼是不行的，只有保存实力才是上策。于是，她急急忙忙跑进会议室，带领同志们从俱乐部后面的水沟里撤出来，并各自分散隐蔽。

大家撤离后，何宝珍又跑回自己住处，烧毁了重要文件，化装成家属模样，准备从后山离开。刚走到门口，就看见几个拿枪的军警追了上来。何宝珍灵机一动，转身走进一个工友家里，顺势坐在床上，抱起婴儿，一边换尿布，一边用本地方言自言自语地说："米汤水都没得喝的了，你还有屙？"

军警破门而入，看见何宝珍坐在床上给婴儿换尿布，头上系条黑帕子，像坐月子的人，害怕冲了晦气，问都没问就向另一个方向追去。

天刚麻麻亮，路上的行人很多，何宝珍混杂在人群中。她头搭着青布帕子，身上穿着土布对襟衣裳，脚上趿一双草鞋，手里提一只竹篮，一副农村少妇的装束。

一路上，何宝珍心事重重。

之前，好心的邻居帮她找来这套土布衣服，又在邻居的帮助下，安全地离开了安源。邻居告诉她，俱乐部的黄副主任和几个地下党员为了掩护其他同志撤退，已经落入了虎口。

何宝珍清楚，自己当前的首要任务是迅速赶回长沙，向湖南区委汇报这一紧急情况，并就如何营救被捕的同志进行商量。

湘东车站布满了敌军警，他们对每一个进站的乘客都要进行搜查盘问。怎么迅速进站并乘坐列车离开？何宝珍在心里又犯难了。

湘东车站是湖南与江西交界处的一个小站，地下党在这里设有联络点。要在平时，何宝珍上车下车都是非常方便的。今天不同了，联络点已挂出危险信号，联络点是去不成的了。况且，车站四周，敌人岗哨林立，荷枪实弹的军警把持着车站的进出口，便衣特务不时在人群中巡来走去。

何宝珍在进站口看见一个卖鸡蛋的妇女，就机智地走到她旁边，将一篮子鸡蛋全部买了下来。

"呜——"

一列由南昌开往长沙的火车缓缓驶入车站。这时，何宝珍快速提起满满的一篮子鸡蛋向进站口走去。一个特务见状，伸手拦阻。何宝珍佯装脚下一滑，顺势倒在地上，一篮子鸡蛋全部打碎了，特务的皮鞋上、裤子上都沾满蛋汁。何宝珍边哭边撒泼，用本地话骂道："你这个天打雷劈的不长眼睛，我一家人就靠这些鸡蛋过日子，你今天把我的鸡蛋全部打碎了，我回去交不了差，我只有死在你面前。"骂完，把头发往后一拢，就向特务撞去，特务害怕惹出人命官司，赶紧跑进站台，躲进一间小屋。何宝珍见状，抓住时机，跟随着跑进站台，佯装寻找不到特务，就骂骂咧咧地上了列车。

随着列车的疾驰，何宝珍安全回到长沙，将安源路矿的情况向湘南区委做了汇报，根据湘南区委指示，又积极投入到营救被捕同志的工作中。

第三章 红色故事

分水岭伏击战

1934年8月24日这天，正好是农历"七月半"民间过鬼节。凌晨一点多，任弼时、萧克、王震率领红六军团9700余人分两路抵达老埠头、略江口后，发现湘江水陡然暴涨。无论从蔡家埠、略江口，还是从巴州岛都无法抢渡湘江。桂系廖磊部抢先占领了湘江西岸有利地形，在沿岸数十里构筑了五步一碉、十步一堡的工事设施；在浅水处拉上了铁丝网和触雷，萧克部要想在装备精良的廖磊部眼皮子底下强渡湘江，几乎没有可能。

军团长萧克审时度势，征求了军政委员会主席任弼时、军团政委王震、参谋长李达的意见，萧克决定折上阳明山，运用游击战术下白果，过宁远，出蓝山，直奔道县驷马桥快速越过敌军尚未布防的湘江进入贺龙的红色根据地——湘西。

意见统一后，萧克于半夜两点给中革军委总司令朱德发出电报：我部决定放弃新化、溆浦，到湘西与贺龙会合。主力红军在跳出敌军包围圈后，快速从道州过湘江由兴安、新宁进入湘西与贺部会合开展游击战。电报签署上任弼时、萧克、王震的名字后，田海清的独立团随即被指派担负前卫任务。

部队行进到接履桥老街，萧克再次召开急行军会议。

军团政委王震根据情报分析当前战况不利于红六军团在阳明山一带建立根据地的理由。他说:"敌军第一纵队正从祁阳方向朝零陵压来;第二纵队由新宁出发,集中在东安境内,往零陵急进;第三纵队廖磊部已经抢先占领了湘江西岸老埠头至归阳数百里的河岸;敌李觉的十九师、王东原的十五师和两个保安团死死尾追红六军团,如果不展开游击战甩掉敌军,红六军团将有被彻底包饺子的可能。"

参谋长李达补充说:"从我军破获敌军的电台得知:湖南保安第五旅欧冠盘踞宁远县城、补充十四旅插足新田、保安二十四团唐季候镇守道县,零陵、祁阳各有两个保安团驻扎,情形于我军不利!"

面对随时有可能发生的紧急敌情,王震恳切地提出:"我和参谋长李达率领左路红军经枫木树、老江桥抵达庙门口;任弼时、萧克率右路红军经画眉山、桐梓坪抵达庙门口,两路会合后进行短时间的休整。"

这时,侦察兵报告王东原部特后队第一大队距离分水岭仅有五公里的路程。

萧克听了,眼睛一亮,瞄了瞄王震说:"王政委,敌王东原第十五师特后一大队这块肥肉送上门来了,吃不吃?"

王震哈哈哈大笑:"天底下没有我王震吃不下的肥肉,我老王的肚子正干瘪着,饿呢!"

萧克听了王震的话,也笑了起来,激将道:"王政委,特后一大队不仅有机枪班,还有手枪排,两门野山炮,排以上军官都经过特别训练,可谓是一支精悍强旅啊。"

王震打开地图边抽烟边查看，顺便接过萧克的话答道："我这个三百年前的家门确实是一个了不起的人物，他从湘赣一路追到桂东、新田，与我们若即若离，其目的就是企图在各路敌军全部弹压零陵后，一口吃掉我们。"

任弼时把烟窝抽得吧嗒吧嗒响，烟窝里的火星子一明一灭。他说："总放着王东原部不打，不利于我军这次军事上的战略转移，东转西转，把战士们的脑壳转晕了，会带来消极因素，我看，是否打一场主动战？让王东原离我们远远的？"

萧克点点头，把拳头往桌子上一击道："是要打一仗了，我们要在运动中消灭敌人的有生力量！"王震的眼睛始终没有离开过分水岭，他说："你们按原计划分两路直达庙门口集结，我带领田海清的独立团在分水岭设伏，以感谢王东原长途'相送'。来而不往非礼也，不给王东原一个大大的安慰奖，他到时会说我们不讲义气！"王震的话还未落音，任弼时发话了："要打，就打痛他，隔靴搔痒搞不得！"王震咬咬牙，放了句狠话："请主席放心，保证完成任务，让王东原以后听着红六军团就害怕！"

萧克握住王震的手说："老伙计，又要做短暂的分别，我们在庙门口等你的好消息！"

王东原的特后第一大队是何健亲手创建的，这支队伍自称从未遇上对手，因而，在其他部队中显得格外自大。大队长汪明是黄埔军校第六期毕业生，深得何健器重，何健说汪明有张飞的猛，又有赵云的细，因此，亲点汪明为特后第一大队大队长，并赠送一把精致的德国造手枪作为纪念。

汪明从桂军廖磊部获悉萧克的部队从老埠头湘江边准备折回阳

明山的情报后，立即找到王东原要求带领第一大队在集义、晓木塘、天字地、接履桥、青山观、公龙岭一带寻找萧克的零散队伍作战，王东原想也没想就允许了汪明的请求。

汪明带领特后一大队到达分水岭的时候，王震也率领独立团直抵分水岭，按时间推算，王震到达分水岭快汪明五分钟，就这五分钟的宝贵时速，王震斩首了王东原的"脑袋"——特后第一大队。

王震命令独立团三营抢占了分水岭制高点，集中全团机枪手对进入伏击圈的敌军进行毁灭性打击；四营派出两个连，在战斗打响后，立即锁紧敌人的后路，不给敌军逃出去的机会；二营选择分水岭古道有利地形实施扎口子战术，让敌军进入伏击包围圈进不得，退不得，变成大年三十晚上桌子上的肥菜。

王震刚部署完毕，侦察兵报告说特后一大队距离分水岭我军阵地仅有一里路程了。王震从望远镜中也看到了山峦起伏、沟壑纵横的山路上，青天白日旗在炽烈的太阳下无精打采地低垂着。王震对独立团团长田海清说："这回要让特后一大队插翅难飞！"田海清说："有军团政委亲自指挥，这个汪明是在劫难逃了！"

两人说话间，敌特后第一大队全部人马进入了我军伏击圈，三营营长王绍南见状，命令全营战士在五分钟内把拧开盖的手榴弹全部投入敌营，同时，指挥机枪手对准大摇大摆没有防备的敌军猛烈扫射，由此，揭开了战斗序幕。

汪明坐的战马让手榴弹的弹片击中倒地，掀翻在地的汪明被突如其来的枪弹打得晕头转向。他的士兵丢下枪爬起来，叫喊着在逃窜；有的正在吹牛侃天，听见枪声脱下军服就朝林子里跑；有的边走边抽大烟，枪声一响搁下烟枪就溜；有的仓皇应战，边打边退。

汪明终归是经历过战争的人，在清醒下来后，立即稳住部队的阵脚组织应战，并架起机枪，堵住后逃的败兵，汪明挥动手枪喝道："撑住、撑住，谁敢后退，老子的枪子不认人！"他把督战队调到身边，对临战脱逃者格杀勿论，好不容易才把兵力集中在一起，龟缩到一块坡地进行顽抗。

王震见三营不待总攻命令就自顾自地早早地打起来了，心里颇为懊恼，但看见三营不到五分钟就把敌军打趴下乱作一团，心里又乐起来了，他对田海清说："这里交给你了，尽快结束战斗，我到三营阵地上去！"田海清想拦也来不及了，敌人的一发炮弹刚好打在指挥部不远的地方，一股巨浪把田海清掀倒在地。

敌人凭借武器精良、弹药充足的优势，妄图挽回颓势，放一排炮弹，射一阵机枪，发起一次次疯狂反扑，均被各营迎头击回。在分水岭高地，战斗打得很激烈，敌军数次发动攻击，妄想拿下了分水岭高地均未成功。

汪明见拿下分水岭高地无望，一面发电报请求王东原派兵增援，想集中兵力，一举突破我军狙击线，置之死地而后生；一面命令士兵依靠坡地做掩护，修筑工事，设立第一道防线。

在分水岭右侧，战斗更为激烈，敌人拼命顽抗并进攻，想占领我军控制的制高点。这时，我军为了诱惑敌人，三连连长命令诱敌深入，把敌军一部放进纵深，关起门来打狗，一支小分队包抄敌军的另一个阵地，把敌人的阵地横切为两段，致使敌人首尾不能相顾，乱成一锅粥。

军团政委王震指挥的分水岭战斗打得异常激烈。二连的红军战士组成敢死队打得非常顽强，他们冲进了敌人的防守阵地，敌军一个姓刘的副大队长指挥机枪手向敢死队员猛射，敢死队员一齐卧倒，敌副大队长误认为敢死队员被打死了，带起人就冲出阵地，卧倒的敢死队员一跃而起，用枪托、刺刀和敌人展开了肉搏，敌副大队长当即被击毙，其余敌人死的死、逃的逃、被俘的被俘。战斗进行将近一小时，汪明的第一大队已经溃不成军。王震果断命令独立团发起总攻，尽快结束战斗。王震军政委一声令下，战士们如猛虎下山似的向敌人发起冲锋，顿时，红军的轻重机枪、步枪、手榴弹齐向敌人的窝心开火，打得敌人惊慌失措，落荒而逃。敌特后第一大队大队长汪明狼狈不堪，化装成马夫趁乱逃回十五师，后被王东原以作战不力罪枪毙在小江河。这次由王震亲自指挥的分水岭伏击战，由于敌十五师王东原派部赶来增援，未能全歼特后第一大队，却缴获野山炮三门，轻、重机枪十余挺，步枪百多支及一些军用物资。

王东原赶到分水岭欲与王震决一死战时，王震率领独立团已顺利地从桐梓坪进入庙门口，与任弼时、萧克会合了。当天下午，王震又亲率一支侦察小分队在当地农民的帮助下开出一条便捷安全的新路，高举镰刀锤头旗帜重上湘南名山——阳明山。

王震在分水岭设伏王东原的特后第一大队，让老百姓扬眉吐气，至今还流传着这样一首民歌："王胡子打仗打得好，打得巧，打得王东原晕头又晕脑。十五师全是脓包像，贪生怕死，走到哪里就在哪里吃败仗！"

血染九江岭

在石岩头镇黄溪洞村西边，有一座九江岭，九江岭山坡陡峭，易守难攻。

1934年11月深夜，村里的狗突然叫了起来，住在忠孝堂隔壁的唐维俊老人披衣起床开门，走到门外，猛然看见黑压压的一群人站在忠孝堂前，有的在窃窃私语，有的走来走去，唐维俊以为来了广西蛮子，吓得赶忙关门，并将报警铜锣敲响。

九江岭战役牺牲的无名红军战士墓，村民自发守墓90年

铜锣一响，家家户户的灯都亮了，男人们手里有拿梭镖的，有拿砍刀的，也有拿自制土枪的，从村子的各个角落杀气腾腾地向忠

孝堂奔来。

"老乡们，我们是工农红军，是为穷苦人打天下的队伍，我们在湘江边和国民党军打了几天几夜，没有渡过湘江，想借道回井冈山打游击。今晚贸然闯进你们村，我向你们道歉！"一个头戴红星帽、腰佩手枪的高个子从人群中走出来说话。

"你们不是蛮子，就赶快走！"一个村民打着哈欠说，还把手里的梭镖示威性地晃了晃："别耽误我们睡觉。"

"我姓王，是红军部队的团长，你们叫我王团长好了。"停了停，王团长又说："我和你们一样，都是穷苦人出身，在家里受尽了地主老财的压迫，才跟着共产党拿起枪打地主老财，打倒国民党反动派。今天，我们和道县、江华的民团在东山打了一天，滴水未沾，走到你们村时，确实走不动了，想在这里借宿一夜，明天清早我们就离开。"

唐维俊70多岁了，青年时期，在广州参加过起义，后来因伤回到黄溪洞村，是属于见过世面的人物。他听人说，江西来的红脑壳和广西白崇禧的白狗子打得很厉害，红脑壳死了很多人。他晓得红脑壳是为穷苦人打天下的队伍，就问："你们真的是红军？"说完，从一个人手中拿过火把在王团长面前照了下，发现王团长胸前的衣服上还渗着鲜血。又照了下王团长身后的战士，发现很多人受了伤，却没有一个发出痛苦的呻吟声。于是，自顾自地说："都伤成这个样子了还硬挺着，这样的队伍不打败国民党蒋介石，我不信唐！"边说边走到台阶上，面对村里人说："这些红军，是专打地主老财、为穷人分田分地过上好日子的队伍，今天，红军来到黄溪洞村，是黄溪洞人修来的福分。大家赶快回家，有吃的拿吃的，没有吃的，烧些茶叶水给红军喝，打开忠孝堂，让红军进去休息，大家说好不好？"

得到村人的一致同意，唐维俊打开忠孝堂，将王团长和红军战士请了进去，然后，让年轻的后生崽抱来稻草烧火给红军取暖。

第二天早上，从大庆坪方向传来清脆的枪声，王团长侧耳一听，说了声"不好！"连忙喊战士们起床集合。

集合后，王团长神色严肃地说："本来想让大家好好休息一下，再吃一碗喷香的菜饭，可是，白崇禧不让我们休息，饭也不让我们吃好，现在，白崇禧的部队和民团追过来了，大家只有边走边吃。"他把手指向村西面的山坡说："我们的目标是立即占领九江岭，抗击国民党军。"

命令发出后，百余名红军战士立即向九江岭方向运动，跨过冰冷刺骨的石期河，在九江岭上挖战壕，修筑工事，等待敌军的到来。

零陵保安团和道县保安团以及桂系一个连的部队全部集中在黄溪洞村，大战一触即发。

道县保安团团长唐季候是个杀人不眨眼的刽子手，他眯起眼睛瞪着九江岭说："两个保安团加一个正规连，攻不上九江岭还不如全部死掉算了。"说完，自任总指挥，命令所有人全部从正面发起攻击。王团长见敌人来势汹汹，把所有的手榴弹集中在第一道防线，又把机枪全部集中在一起说："把敌人放到10米之内再打，所有的手榴弹一个不剩，保证全部在敌群中开花，机枪手在手榴弹投完后，立即展开扫射。"

敌人在一步步逼近，50米、30米、15米、10米，敌人讲话的声音很清晰地传来。王团长命令道："投弹！"一霎间，只见手榴弹在敌群中不断炸开，有的手榴弹在敌人头上开花，吃了一顿手榴弹的敌人死的死，伤的伤，还未等敌人缓过神来，这时，红军阵地上的机枪又近距离扫开了，一群群的敌人就像被割了的冬茅草成片地倒了下去，敌人见红军火力太猛，吓得丢盔弃甲连爬带滚退到黄溪洞村。

王团长判断敌人还会继续反攻，便改变战术，选出几个射击手担任狙击任务，分散隐蔽在不同位置，专打敌军头目。

不出王团长所料，唐季候见出师不利，顿时恼羞成怒，组织敢死队，每人赏光洋5块。敢死队由30人组成，走在最前面，每个人手端冲锋枪，腰挂手榴弹，赤裸上身嗷嗷地号叫着直往红军阵地冲来。王团长见了这架势，轻蔑地一笑说："装神弄鬼的把戏，机枪手，把这些家伙放近了打，让他们见阎王去！"敢死队冲到距阵地5米时，王团长手起枪响撂倒一个冲在最前面的敢死队员，紧接着，所有机枪"突突突"地喷出愤怒的火焰，敢死队一下子乱了阵脚，吓得掉头就跑，一个满脸胡须的军官手端冲锋枪不准敢死队后退，被红军狙击手一枪打中脑门倒在地上，敢死队见督战军官被打死，如倒退的洪水败回黄溪洞村。这一天下来，不知道打退了敌人多少次冲锋，在王团长的望远镜里，九江岭的山坡上，遍地都是敌人的尸体。

天渐渐暗了下来，王团长估计天黑前一定有场更加残酷的战斗在等待着他和他的战友们，为了保存没有渡过湘江红军的种子，他把在大庆坪白石山收容到的一个小战士铁锁喊到面前说："铁锁，王团长要给你一个艰巨的任务，能不能完成？"铁锁只有15岁，人还没有枪高，是红八军团国际少共师的战士。国际少共师奉命配合红五军团第三十四师担任掩护红八军团渡江时，铁锁被炮弹震晕了，没有来得及跟随战友渡江，就一路躲躲藏藏从道县寿岩来到大庆坪白石山，正好遇上王团长在沿途收容，见他机灵，让他做了通讯员。

"什么任务？团长你说，我一定完成！"铁锁问。

"敌人越来越多，想要把我们消灭在这里。现在的情况很严重，党中央又不知道我们的情况，我命令你突围出去，回到井冈山，将我们的处境向苏区党组织做说明。"王团长严肃地说。

"这个任务我完成不了，我要和你在一起战斗！"铁锁倔强地说。

"这是党交给你的任务，你必须完成！"王团长发火了："你是红军的种子，你必须活着，并把这里所有人的名单带出去，让后来者记住，民国二十三年十一月二十五日，一百余名来自各部队，被打散的英勇、顽强的红军战士牺牲在九江岭上。"说完，王团长把一份被血染红的名单交给铁锁。见和蔼可亲的团长动怒了，铁锁只好哭着给团长敬了个军礼，再穿上团长给他的便衣，从九江岭西面悄悄下了山。

天黑了，唐季候让兵丁吃了饭休息，与零陵保安团团长和桂军连长商量一鼓作气消灭红军的作战计划。唐季候说："桂军和零陵保安团从正面发起猛烈攻击，掩护我的保安团顺利从南侧登上九江岭最高峰，再形成前后夹击之势，这些红脑壳再有本事也插翅难逃！"

冬天的雨下得很大，冰凉刺骨，唐季候的保安团背上云梯悄悄来到九江岭南面的悬崖前，让兵丁把云梯架在悬崖前，唐季候让手下爬上山顶，从红军背后开枪了。

王团长指挥部队拼死射击，怎么也没有想到保安团从背后杀来，战士们一个个地倒了下去，战壕里齐腰深的雨水被红军战士的鲜血染红了。看见能够战斗的人不多了，王团长把战士们召集在一起，发出最后的豪言壮语："同志们，勇敢的红军战士绝不做可耻的投降者，一天下来，我们打死打伤了无数的敌人，现在，打死一个敌人够本，打死两个赚了。为了苏维埃的胜利，流尽我们最后一滴血的时候到了！"说完，率先跳出战壕，挥舞砍刀和敌人肉搏起来。

雨停了，王团长和他的战友们静静地躺在了九江岭的半坡上，他们的身下，鲜血染红了土地，染红了哗哗流淌的雨水。

一块门板

    1934年11月18日清晨，天空下着毛毛细雨，一支望不到尾的部队在田垄上疾驰，就像一条灰色的长龙在迷蒙的细雨中飞腾。

    "报告军团长，我们已经进入蓝山境内。"军团作战参谋跑来报告。

    军团长彭德怀抹了一把脸上的雨水说："我们进入蓝境内了？好！询问后卫部队，李云杰的追兵距离我们还有多远。"作战参谋走后，军团政委杨尚昆问："我们跑了一天一夜，看来军团长想在蓝山境内杀李云杰一个回马枪？"

    杨尚昆身上披着一块油布，他见彭德怀一身湿透了，顺手将油布递给彭德怀。彭德怀摆摆手说："李云杰不敢和我老彭交手，他就像一条咬人的狗，夹着尾巴远远地跟着，趁我们不注意的时候，随时准备狠狠地咬一口。总是让一条狗跟着很恶心，请示中革军委，寻找战机，给他当头一棒，打蒙他！"

    这时，作战参谋前来报告："军团长，政委，敌人的先头部队和我们保持50华里的距离。"

    杨尚昆对彭德怀说："咬得够紧的了。"

    彭德怀喊了声："警卫员，地图。"

警卫员迅速打开地图，彭德怀的眼睛像雷达一样不断地在地图上搜索。突然，他的眼睛停留在一条河流的位置上。他用食指点了点说："钟水河！李云杰想把我们赶到钟水河，然后一口吃掉。"

杨尚昆的脸随之严肃起来："情况严重，下一步怎么运动？"

彭德怀说："前有大河，后有追兵，动员部队克服一切困难，强行渡过钟水河，寻找战机，打掉李云杰的先头部队，挫挫他的锐气。"

杨尚昆点点头表示同意。

彭德怀对作战参谋说："命令各部，轻装前进，务必在10点前，赶到土市镇新河村强渡钟水河。"说完，彭德怀迈开脚步冒雨前行。

新河村是一个古老的村庄，钟水河在村前逶迤而过。

彭德怀率红三军团将士到达村庄时，村里的老百姓听信民团的谣言吓得躲进了深山。彭德怀站在古码头上放眼一望，虽然已是冬天，但是，钟水河上依然水流湍急，被洪水冲垮的独木桥早已不见踪影。对岸河边，有一艘渡船在水中旋转，显然，是艄公看见河岸来了兵，急急忙忙弃船而去。眼看渡船就要被水冲走，彭德怀命令两个战士泅水过河，将渡船系在河岸的树上。

看着大门紧闭的各家各户，彭德怀对杨尚昆说："尽快动员宣传队入山，做好老乡下山的思想工作。同时，对战士们强调纪律，不管雨下得多大，一律不得进入老百姓的家，不得任意拿老百姓的任何东西，违令者，军法从事！"

杨尚昆说："我和同志们一起进山喊话吧。"

隔了不久，新河村的老百姓陆陆续续回到村里。三个月前，红六军团西征探路在新河村驻扎了几天，他们和红军亲如一家，当得知是红军到来时，一个个脸上露出了笑容，并把站在雨中的红军战士往家里拉。

杨尚昆带着一个七十多岁的老人家来到彭德怀身边介绍说："军团长，这位老乡叫李可铁，萧克同志还在他家住了几天。"彭德怀一听，用有力的大手握住李可铁饱经风霜的手连声说："感谢老人家支持红军，我代表中央红军感谢你啊。"说完，重重地叹了口气，眉头紧锁起来。

李可铁说："都是一家人，不分你我。将军有什么事情，尽管吩咐，我在村里还有点威望。"

彭德怀咧开嘴笑得很勉强，拍拍李可铁的肩膀，装作若无其事地说："没有事，没有事。"说完，眼睛紧盯在河中心。

这时，作战参谋前来报告："敌人距离我们只有30华里的路程，如果我们不尽快渡江……"彭德怀挥挥手打断他的报告说："继续侦察，随时报告。如果追兵步步紧逼，选择有利地形进行阻击。"

李可铁听了，知道彭军团长正在为渡江发愁，连忙说："红军要过河，只有架桥。早几天，民团说共匪要来，把船烧掉了一些。现在，新河村和对岸的老河村，两个村子的船加起来不到五条，这么多红军靠五条船过河，起码要几天几夜。"

彭德怀故意问："人可以泅水过河，马匹、辎重怎么办？"

"赶快架桥，我去村里喊人。"说完，敲响村里的铁钟，把乡亲们全部召集到古樟树下。李可铁说："我们的亲人红军又回来了，现在，他们要过河，我们就要给亲人架桥。大家回去，把家里的木板全部拿出来。"说完，安排一个人泅水到对岸老河村，发动老百姓帮忙一起架桥。

很快，钟水河上聚集了无数人，每个人肩上扛着木板、木头，手中拿着铁锤、马钉、斧头、锯子。工兵营有了架桥的家伙，架起桥来非常顺利。

就在桥快要架好的时候，彭德怀看见杨尚昆和李可铁在"争吵"，急忙走过去问来龙去脉。杨尚昆说："李老兄家徒四壁，这块门板既是床板，又是砧板，还是门板，可谓是镇家之宝，他非得要拿去铺在桥上，万一踩断了……"

李可铁倔强地说："踩断了，我再去弄。"

彭德怀刚要开口说话，李可铁说："我晓得你们的纪律。如果你们是国民党，我说什么也不会拿出来。你们是穷苦人的队伍，是为穷苦人打天下的，比起你们吃苦流血战死，这块门板又算得了什么呢？"

彭德怀和杨尚昆两人对视了一下，也不好再说什么，吩咐警卫员把门板扛到桥上。

军民共建的桥架好了，红军要出发了。彭德怀让警卫员拿出两块银圆送给李可铁。他握住李可铁的手说："今天，我们红军从这座军民共建的木桥上出发抗日，不久的将来，我们还会从这座桥上回来，到那时，我们要建一座储水发电的大坝，还要建一座钢筋水泥的军民桥，来回报你们对红军的支援。"

彭德怀率领红三军团走出很远了，李可铁和新河村的老百姓还依依不舍地站在古码头上眺望，他们相信，不久的将来，红军一定会回来的！

红色信号灯

双牌县茶林镇大河江村是一个有着数百年历史的中国传统古村落，是湖南省历史文化名村，也是旧时永州府经宁远通往广东的交通要道。

红六军团赠送的信号灯

1934年8月11日，转战到了湖南省桂东县寨前圩，跳出了敌人的重重包围圈。8月23日黄昏，红六军团经廖家湾到达大河江村邓家大院。由于受国民党的反动宣传影响，大多数村民躲入深山。

红军先锋部队到了邓家大院，不进屋，还帮着扫地，纪律严明，秋毫无犯。躲在对门山上的邓柱三看得很真切，他对邻居邓三龙说："这些枪兵看鸡不抓，见牛不杀，还帮助清扫院子的垃圾，我看是好人。"

邓三龙瓮声瓮气道："我看也像好人。保长说红军青面獠牙，三头六臂，为非作歹，我看一点也不像。"于是，两人商量了一下，就偷偷摸摸跑到距离家门口不远的竹林里观察这些枪兵的举动。

也不知道谁家的猪圈没有关好，一头猪大摇大摆地从红军队伍前经过，引得很多战士前来观看。

一个战士说："这猪没有人管，我们好久没有吃猪肉了，干脆杀了打牙祭。"

他的话得到很多人的附和。一个瘦高个红军站出来制止道："老百姓辛辛苦苦养一头猪不容易，我们为什么要杀呢？"

战士说："排长，我们给钱就是，反正，猪杀了是卖钱的。"

排长批评道："如果见猪就杀，见鸡就抓，那我们和国民党有什么两样？我们不一心为老百姓，想的是自己，老百姓还要我们这样的军队干什么？我们红军，是穷人的军队，是为穷人谋幸福的军队。"停了一下，他对战士说："你带两个人把猪拴在树上，免得主人家回来找不到。"

战士伸伸舌头，说了声"是"，带领几个战士把猪捉住，拴在树上。

邓柱三见了，拉起邓三龙回到邓家大院，正好碰到排长，他说："军爷，你们到我们这里来干什么？"

排长和蔼地说："我们为和你一样的穷人闹革命来的，我们是工农红军。"

邓柱三百思不得其解，问："红军？"

排长点点头道："是的，我们是穷人的红军，我们都是受尽了地主老财的压迫才当红军的。"

邓柱三听了，问："我要当红军，可以吗？"

排长摇摇头说："我们现在去执行一项特别的任务，你想当红军，要找我们的首长。"

"首长在哪里？"邓柱三问。

"我们是前锋，大部队在后面，他们也会来到你们村的，你就在村里等着我们的大部队，不要再听信坏人的话，把乡亲们从山里喊回来。"说完，排长从头上取下帽子戴在邓柱三头上说："我们首长来了，看见你戴着红军帽，就会收留你的。"

部队在邓家大院休息了片刻，就要往丫髻岭的方向出发了。排长找到邓柱三："邓兄弟，能不能帮忙找一个熟悉丫髻岭路的老乡？"

邓柱三自告奋勇地说："丫髻岭我去过几回，我给你们带路吧。"

天快黑了，部队要出发了，邓柱三带着部队向丫髻岭上出发。

天上的星星悬挂在头顶。山风吹来，邓柱三不由打了个寒战。排长看见了，脱下自己身上单薄的衣服，披在邓柱三的身上。

队伍到了肩膀坳，沿着陡坡下去就是碳木桥，站在肩膀坳的顶峰，可以依稀看见菱角塘古街的建筑物。排长对邓柱三说："邓兄弟，谢谢你给我们带路。"

邓柱三说："这有什么，山里人走惯了夜路。"然后把军装脱下来递给排长，转身就跑，边跑边说："我赶回去等首长，参加红军后来找你们。"

山高路远，黑灯瞎火，排长担心邓柱三的安全，从信号员手中拿过一盏信号灯，追上邓柱三，说："这盏信号灯送给你照明用。如果你当了红军，就拿着信号灯回来。"

邓柱三回到邓家大院，一直等着首长的到来，这一等就是几十年。直到1975年，零陵县文化馆得知邓柱三手上珍藏着一盏红军送给他的德国制造的防风信号灯，在向他说明了征集红军物件的意义后，邓柱三才不舍地把信号灯交给了零陵县文化馆。现在，这盏信号灯成为永州市博物馆的镇馆之宝。

红军井

1933年10月，国民党调集50万兵力对中央革命根据地进行大规模"围剿"，企图一举消灭中央红军。当时，由于"左"倾冒险主义的错误领导，中央红军在第五次反"围剿"中屡战不利，被优势之敌压迫到闽赣边境，打破敌人第五次"围剿"的希望破灭，陷于被围歼的险境。

在这种严峻的形势下，中共中央和中革军委被迫进行战略转移和退出中央苏区的准备，并电令红六军团先行突围，为中央红军实现战略转移寻找突围路径。红六军团按照中共中央和中革军委的指令，于1934年8月初突围西征。

1934年8月22日近午时分，太阳高挂在天空。突然，从荷叶塘那边走来一支望不到尾的队伍，走到绿荫如盖的樟树下时，行走的队伍在一声命令下齐刷刷地站在原地。在他们的左侧，有一口清泉，泉水从岩石缝里咕咕流出来，清洌甘甜，红军战士看见泉水，都不由得舔舔干裂的嘴唇，每一个人的眼神，都露出想喝一捧清凉泉水的渴望。

这时，红军首长发现一件怪事，泉水边站着两个背枪的家丁，看见来挑水的村民就凶神恶煞地驱赶，还拉动枪栓恐吓。很多村民眼巴巴地看着清幽的泉水无奈离开，而红军战士去舀泉水喝，他们却显得非常客气。

红军首长很奇怪，走到泉水边问家丁："老百姓来挑水，你们为什么不准他们挑？这是什么规矩？谁立的？"

一个瘦高的家丁哈着腰说："我们是本村大善人全得财的家丁，这些佃户两年没有交租谷了。全大善人要他们尽快交租谷，不然，不准喝水，所以，我们就把守在这里。"

红军首长听了，眉头拧成一道疙瘩，没有吭声，直接走进一户人家。正在家里做篾匠活的全明璀老人见家里来了一个身材高大的红军，出于礼貌，拿出一张板凳让红军首长坐。

红军首长开门见山地问："老人家，你怎么不去挑水喝？"

全明璀没有搭话，他胆子小，害怕说错话招来麻烦。

红军首长开导说："老人家，我们是工农红军，是穷人的队伍，是为普天下穷人过上好日子而来的，我们是一家人，你可以和我说实话，我们红军给你做主！"

全明璀抹了一把眼泪道："我们这里天旱两年了，颗粒无收。全大善人硬逼着我们交租谷，交不出就不准挑井水喝。"说完重重地叹口气。

红军首长听了，拍拍他的肩膀道："你们很快就可以喝上泉水了！"说完，快步跨出门，向红军休息的地方走去。

红军首长召开临时紧急会议，会议作出决定：一、为解决大麻江村老百姓的燃眉之急，由后勤部拿出部分打土豪的资财分给受苦的老百姓，帮助他们暂时渡过难关。二、立即调查全得财是否存在欺压百姓、作威作福的情况，并召开公审大会，就地枪毙从桂阳抓来的三个恶贯满盈的地主，起到敲山震虎的作用。三、快速行动，让宣传队深入各家各户宣讲红军的政策，唤起群众的觉悟。四、在老街刷标语、写标语，使党和红军的政策、纪律深入人心。会后，红军在老街南边的平口山坡上召开了宣判大会，当场枪毙了三个地主。这时，部分红军战士纷纷进入老街百姓家，扫地的扫地，挑水的挑水，看病的看病，整个老街一下子热闹起来了。

再说全得财此刻正跷起二马脚躺在竹椅上闭目养神，边喝茶边想着不准老百姓挑水，逼他们交租谷就范的妙策时，突然听到三声枪响，猛然一个激灵，捧在手上的紫砂茶壶掉在地上摔成八瓣。前两天他就听说要过枪兵了，也不知道这些枪兵是好是坏，现在听到枪响，他的心就跳得更加厉害了，知道来者不善，善者不来。

这时，两个背枪的家丁带着十多个红军走了进来，一个个眼里带着愤怒。全得财见状，吓得"啊"的一声就跪在地上连连作揖。

一个红军班长走过来威严地说："全得财，你跟我们到泉水旁去一趟！"

全得财看见一下子来了这多的红军，早吓得半死。红军班长和他说什么话，一句也没有听清。直到一个家丁在他耳边大声告诉他，才两脚打抖地站起来，跟着红军来到泉水边。

泉水边早站满了穿灰色军装的红军和大麻江的老百姓。红军首长站在泉井边的高坡上严厉地问："全得财，你为什么不准老乡们挑水喝？"

"这……这……这……"全得财早被这阵势吓得浑身颤抖，语无伦次，脸色苍白。

红军首长声音洪亮地说："全得财，你抬头好好看看，大麻江数百男女老少谁和你不是乡里乡亲？你摸着良心想一想，你家的粮仓，是不是这些乡里乡亲辛辛苦苦流汗给你装满的？"

全得财勾着头、弯着腰连连点头称是。

红军首长接着质问："这两年天旱，老乡们借了你的粮食，交不起租谷，你逼着他们还，他们又怎么还得起？你难道为了膨胀私欲，就没有一点怜悯之心？"

全得财被问得浑身冒汗，他不知道红军会给他一下什么样的下场，因而，人差不多要瘫痪在地。

红军首长继续高声道："官逼民反，民不得不反！你霸占泉水，不准乡亲们挑水，你就不怕有朝一日，站出来几个胆子大的，把你杀了？你这样做，已经是罪孽深重，违背民意，早就该杀了！刚才，你应该晓得，就在你们老街南边的坡地上，我们枪毙了三个从桂阳带来的大地主。你为非作歹，他们就是你的下场！"全得财听到这里，脑袋全蒙了，当听到"下场"两个字的时候，人就像死猪一样瘫倒在地上。

全明璀见状，从人群里走出来，一把抓起全得财的衣襟，眼里冒着火，咬牙切齿地说："全得财，天旱逼粮，你这是把人往死里逼啊！"

红军和老百姓纷纷怒吼道："杀了他！杀了他！"

红军首长见状，喝问："全得财，你说怎么办？！"

全得财为了保命，赶忙认罪道："我该死，我该死。都是沾亲带故的乡亲，原来借我谷子的，没有交租谷的，一律免了，所有欠条、借据全部烧毁。"说完，喊一个家丁从家里拿来欠条、借据，一把火全部烧了。围观的老百姓顿时欢声雷动，高呼："红军万岁！""共产党万岁！"

红军西征到达大麻江村，不仅卸去了背负在老百姓身上的债，解决了喝水的问题，还发放资财救济村民，为感恩红军的军民鱼水情，老百姓把这口井称为"红军井"。

▼
▽ ▽

第四章

红色

基因

"继续奋斗"的学运领袖唐鉴

湘南学生
联合会干事

1920年，17岁的唐鉴以优异的成绩考入"湘南最高学府"、我党早期的共产党员的摇篮——位于衡阳的湖南省立第三师范学校。在这里，唐鉴阅读了《新青年》等大量进步书刊，接受了先进思想的熏陶，聆听了毛泽东、恽代英、邓中夏等革命者的演说，汲取了革命的养分，激发了对革命理想、革命

唐鉴烈士像

信仰的追求与探索。1921年，唐鉴加入共产主义青年团。1922年经过组织考核，光荣加入中国共产党，成为我党为数不多的早期党员

之一，从此走上为民族独立和人民解放奋斗一生的革命道路。

加入党组织后的唐鉴，思想愈加坚定，讲演、绘画、写文章成为他宣扬马克思主义，揭露和批驳封建军阀、帝国主义的最主要方式。由于热心社会活动、学业成绩优良，唐鉴很快取得同学们的信任，被大家推选为湘南学生联合会干事，还先后担任《湘南学生联合会周刊》和《湘南学生》主编。

1923年春，唐鉴领导第三师范学生开展了"反压迫、要民主、驱逐反动校长刘志远"的学潮，也因此被学校当局开除了学籍。对于一个好不容易从农村考入"最高学府"的学生来说，开除学籍就意味着人生最主要的出路被生生地掐断。即便如此，唐鉴没有退缩，他仍然带领同学们愤然抗争。他们赴长沙请愿，进行绝食斗争。请愿团的正义行动得到了社会各界的声援，当局最终更换了三师校长，被开除学籍的53名学生也分别复学或转学。

学运先锋

1925年5月30日，为反对帝国主义和北洋军阀的残酷统治，上海学生2000余人在租界内游行示威，声援工人罢工，号召收回租界，结果发生了震惊全国的五卅惨案。这一惨案发生后，中共中央立即号召上海人民罢工、罢课、罢市，以抗议英帝国主义的大屠杀。在全国范围内，迅速掀起了声援上海工人的热潮。

唐鉴在南京以学界总代表的身份奔走呼号，声援上海工人的反帝爱国斗争。1925年6月26日，在上海召开的第七届全国爱国学生代表会上，唐鉴当选为全国学生联合会干事。此后，他以《中国学生》等刊物为阵地，发表了大量革命文章。1926年7月23日，在广州召开的第八届全国学生代表大会上，唐鉴作《一年来宣传工作之概况》和《第八届全国代表大会之使命》两个报告，得到与会代表拥护，纳入大会决议。在这次大会上，唐鉴当选为全国学联编辑部常务委员。

广州会议后，唐鉴回到上海，协同总务部常务委员林隶夫，领导全国学生运动。在反对孙传芳的斗争中，学联总会代表有职员18人被捕。唐鉴经多方活动，迫使孙传芳于10月12日，将被捕人员全部释放。1927年春，全国学联总会常务会议拟将总会由上海迁往武汉，决定派唐鉴先行入鄂，调查湖北学生运动情况和征求对总会迁鄂意见。他于2月20日到达武汉，受到各革命团体热烈欢迎。

唐鉴在武昌大朝街建立全国学联总会驻鄂办事处，根据唐鉴意见，全国学联总会正式迁武汉办公，湖北的学生运动随之轰轰烈烈开展起来。

蒋介石在上海发动"四·一二"反革命政变后，学生运动同其他革命活动一样，面临的形势十分严峻。全国学联总会在4月21日举行常务会议，分析当前形势，安排部署今后的工作任务，在这次会议上，唐鉴当选为总务部常务委员，负责总会领导工作。他根据中共第五次全国代表大会的精神，向全国学生提出"武装起来，到农村去，打倒新军阀蒋介石"的口号。

1927年7月，唐鉴调任共青团湖北省委书记。上任后，他全力从事组织团员、青年参加武装斗争的工作，使当时湖北共青团工作和学生运动，发展到一个新的阶段。

英勇就义

1928年，白色恐怖笼罩着整个武汉，每天都有数十名共产党员和革命志士死在敌人屠刀之下。有人劝唐鉴暂时转移农村躲避，他说："共产党员在非常时刻，如果为了性命苟且偷生，而忘记为党工作，我还能算是一名共产党员吗？我要战斗在武汉，为死去的烈士报仇！"

唐鉴拒绝选择躲避，而是毅然选择留下来继续为党工作。

一天，唐鉴在汉口刘家庙秘密举行团省委扩大会议，总结暴动失败教训，研究新的暴动计划，由于联络员被捕叛变，唐鉴和19名团省委负责人被捕入狱，被带走的还有他的妻子李绥玄。

在狱中，唐鉴将生死置之度外，带领难友唱歌、讲革命道理，利用狭小的空间，带领难友做适当的锻炼。他的从容不迫、宁死不屈的大无畏精神，赢得了难友的尊重。

开始，敌人想用金钱美女诱惑他，他把金条丢在地上说："你们是蒋介石的犬牙走狗，我岂能和走狗为伍，让天下人耻笑？"

一招不成，敌人派出警察局长和社会绅士对唐鉴软硬兼施，要他写自首书。先是请他喝酒，许以厚禄高官，要他供出名单和联络地址。唐鉴抓起酒壶砸在地上，接着，又把酒桌掀翻，眼睛里喷出鄙夷的怒火说："我唐鉴自加入共产党的那天起，就做好了随时为共产主义牺牲的准备，你们要想从我嘴里获得机密，都是痴心妄想。要枪毙我就快点，没有必要浪费更多的时间。"

凶残的敌人恼羞成怒，想用酷刑逼他就范，老虎凳、坐红电椅、拔指甲、灌辣椒水等毒刑都用上了。有一次，敌人把唐鉴的双手和脚牢牢地捆住，又把绳索套进他的脖子吊在半空，等到唐鉴脸色发白时又放下，如此反反复复数十次，每一次从死亡中醒来，他就说："不管你们怎么折磨，哪怕折磨得我只剩下一口气，你们也休想从我嘴里套出半句话。"有时，毒刑的折磨让唐鉴疼痛难忍，他就挣扎着怒斥反动派："任何的酷刑对我都是没有用的，你们越加紧对我使用酷刑，说明你们内心越害怕，你们的末日马上就要到来了！"

敌人连续三天使用酷刑都没有让唐鉴屈服，丧心病狂的反动派最高当局下令将唐鉴枪毙。

4月20日，唐鉴被敌人押着走出监牢，经过隔壁女监时，他微笑着和妻子李绶玄挥了挥手，看见怀孕中的妻子悲痛欲绝的样子，他咬破指头，在墙壁上写下"继续奋斗"的四个血字，并对妻子说："把我们的孩子抚养好告诉孩子，他的父亲是为共产主义而献身的。"

告别妻子，唐鉴沿途不断地呼喊口号"共产党万岁！""苏维埃万岁！""共产主义青年团万岁！"。他的声音悲壮激昂，久久地回荡在监狱的上空。

一个共产党人的家国情怀

1922年，胡仕虞以优异成绩从省立三师毕业，受聘在零陵县立新民小学当国学教员。

1926年，中共零陵县党组织成立后，掀起了如火如荼的工农运动。胡仕虞决心投入到火热的斗争中去。正当革命运动蓬蓬勃勃开展之时，驻军王德光团发动"宥日事变"，大肆捕杀共产党人和革命群众，轰轰烈烈的大革命中途夭折。残酷的斗争，

胡仕虞像

血腥的现实，共产党人前仆后继、英勇牺牲的壮举，坚定了胡仕虞对共产主义的信仰。在严酷的环境下，党内少数不坚定分子改变初衷退党脱党，而胡仕虞坚贞不渝，于1927年5月，毅然向党组织递

交了入党申请书，表达了自己的意愿。经过党组织的考察，10月，胡仕虞由陈奉石介绍加入中国共产党，负责党内文件的保管、拟稿工作，走上为人类解放而奋斗的光明大道。

1928年8月，零陵县国民党当局开始大肆搜捕共产党员。中共零陵县党组织负责人陈秉国被捕后，经不住敌人的严刑拷打，将全县的共产党员名单全部招供了出来，零陵县党组织再次遭受灭顶之灾。12日下午，胡仕虞被捕入狱。在狱中，胡仕虞抱定决心，宁死也不能暴露党组织，不能出卖同志，做到守口如瓶。

胡仕虞被押解到县署，没有一点畏惧，反而高声喊道："杨哲，你这个昏庸无能之辈，今天给我说清楚，为什么要拘捕我？！"国民党零陵县县长杨哲知道胡仕虞不是好惹的，其虽然是个文弱书生，却一身正气。杨哲见胡仕虞直呼其名，毫无惧色，知道自己奈何不了他，就躲在一边，令卫兵将胡仕虞关进监狱。

胡仕虞的大哥胡仕钦在罗霖的部队当团军需官，得知胡仕虞被捕，便急着想办法营救。又得知驻军师长张其雄插手审理零陵县共产党人的案件，就找到师长罗霖请假赶回零陵。胡仕钦知道张其雄为人心狠手毒，害怕倔强的胡仕虞惨遭不测，便马不停蹄回到零陵，希望能够在张其雄面前保释弟弟。

张其雄见到胡仕钦的第一句话就是："我们都是党国的人，都是在为党国效力。如果你劝降了你的弟弟，并且将他掌握的共党情况悉数呈交，我还要给他记功。"胡仕钦忙不迭地说："我现在就去劝降，请张师长多宽容几日。"说完，胡仕钦来到关押胡仕虞的监房。这时的胡仕虞已经被狱警折磨得面容枯槁，一双炯炯有神的大眼睛深深地陷在眼窝。胡仕钦见状，抱住胡仕虞恸哭起来。

胡仕虞问："国民党的走狗张其雄让你来做说客的？"胡仕钦点点头说："仕虞，听哥一句话，共产党是兔子尾巴长不长的，你何必死心塌地跟着共产党走？"胡仕虞淡淡一笑道："你们国民党才是兔子尾巴成不了气候！你看看，贪官污吏和豪绅，只晓得争权夺利，鱼肉乡民，对百姓疾苦视若无睹。我们共产党人，要推翻你们的腐朽政府，号召千千万万的工农大众振奋起来，斗争！再斗争！"

胡仕钦见状，知道无法说服弟弟，只好说："你写一个脱党书，然后，跟我去湖北，我保你做一个连长。"

胡仕虞仰天大笑道："你给我滚，有多远滚多远。要我脱党，休想！"

"老弟，张其雄心狠手辣，迟早有一天他会杀了你。"胡仕钦继续劝道。

胡仕虞轻蔑地一笑说："大不了20年后，再做一个顶天立地的共产党人，这有什么可怕的呢？"说完，盘腿端坐在地铺上，不再搭理胡仕钦。

胡仕钦说不通弟弟，又想保他一条生路，想了个主意，说："我给你写脱党书，你只要签个字就行了，好吗？"

胡仕虞一听，顿时雷霆万钧，一下子跳起来，举起手铐迎头打去，吓得胡仕钦夺门而逃。

胡仕虞被囚禁在国民党县党部的监狱里，因为拘禁的人太多了，一个本来只能容纳十多个人的牢房，却因禁了20多个人，不仅拥挤不堪，并且天气闷热，蚊虫污秽，再加上受刑人身上血污散发出来的气味，让人备受煎熬。在这种情况下，胡仕虞总是不断地鼓励难友们，忘却肉体上暂时的痛苦，坚持狱中斗争。

在狱中，胡仕虞继续宣传革命，将同狱的难友、党员组织起来共同学习，共同斗争。为了抵制"绑缯、香烧、踩脚、尖指、股责"等名目繁多的刑罚，胡仕虞组织过一次绝食斗争，反对酷刑、反对非人待遇，取得了胜利，加强了同狱难友的团结。

狱中有很多犯人不识字，常有人找胡仕虞写信和写申诉书，他有求必应。身陷囹圄的胡仕虞，并没忘记党的事业，他人在哪里，就战斗在哪里。在监狱里不能与敌人真枪实弹地斗，就用笔做匕首向反动派宣战。在恶劣的环境下，在阴暗潮湿的牢房里，写下了名为《狱中杂记》的战斗檄文。以大量的事例，描写了"监牢小社会、社会大监牢"这样一幅黑暗社会最黑暗深处的写生画，彰显了一个置生死于度外的无产阶级战士的革命乐观主义精神。

冬去春来，由于胡仕虞在狱中坚强不屈，敌人无法从他嘴里获得零陵县共产党组织活动的秘密，大失所望的国民党县党部在对胡仕虞进行长达五个月的囚禁后，于1929年1月25日中午，将他押解到零陵县城北徐家井皂角树下。在刑场上，胡仕虞高唱《国际歌》，高呼"中国共产党万岁"，痛诉国民党当局的罪恶行径，吸引了无数的人前来围观，最后，英勇地在敌人的枪声中倒了下去。

威震敌胆的王涛支队

服从大局受改编

1937年8月至12月，国共双方高层就南方各省红军游击队改编为抗日武装部队的问题进行多次商谈，达成了将南方八省边界13个地区的红军游击队改编为国民革命军新编陆军第四军的协议。为传达中共中央关于国共合作抗日和将南方各省、区游击队改编为新四军开赴抗日前线的指示，刚回到郴

王涛像

县的王涛一路跋涉，经宜章达坪石，在坪石地下党的帮助下，于广东乐昌坪石牛栏冲找到了周里、李林，传达了中共中央的指示精神，介绍了全国的抗日形势。周里、李林向他汇报了游击队从郴县游击队到湘南赤色游击队、湘粤边赤色游击大队、武工队、湘南红军游

击队的发展过程与斗争情况。王涛要求游击队原地待命，为防不测，明确规定：游击队采取小集中，隐蔽活动，在没有接到党的正式通知之前，不得下山。会后，王涛赶回郴县城，以新四军上校副官的身份，先后与国民党郴州地方当局湖南省第八区行政督察专员公署专员黄少谷，郴州保安司令欧冠谈判，为游击队下山整编创造条件。与此同时，分散在宜章、乐昌、乳源等山区活动的湘南红军游击队的两个分队80多人，按照原定方案，开始在各活动区集结待命，做下山接受整训和改编的准备。

王涛为游击队下山接受改编的各项准备工作基本完成后，向游击队发出了下山接受改编的命令，整装待发的游击队员从多个集结点向广东省乐昌县坪石的坳丘集中。队伍收拢后，由队长李林带领，从坪石牛栏冲进入郴县良田。良田一带的百姓得知游击队回来的消息，兴高采烈，奔走相告，敲锣打鼓放鞭炮，数千人沿途列队欢迎。由于国民党中的一些极端分子没有停止其破坏行动，他们妖言惑众，甚至伺机暗杀抗日骨干，加之良田地处交通要道，情况复杂，为防不测，游击队决定折回宜章整训。

为达到整训的目的，王涛把从延安带回来的谢忠良以及湖南学生陈润等四人派往游击队，分别担任军事、政治、文化教员，重点学习战略防御、战术进攻和国共合作、枪口对外、团结抗日等军事、政治理论和文化知识，学习抢占地形、持枪瞄准、预防空袭等军事要领，学习红军的三大纪律、八项注意和新四军的性质、宗旨与斗争目标。王涛、周里亲自为游击队员讲课。

经过一个多月的集中整训，根据上级指示，王涛决定派湘南红军游击队第一大队从宜章赤石出发，到达耒阳县的江头刘家祠接受改编。改编后的队伍从耒阳灶市乘火车北上，经南昌开往安徽太平奔赴抗日前线。

"王婆婆"

1931年8月，在湘南特委遭到严重破坏之后，王涛受命于危难之际，按照上级指示，改组湘南特委，王涛出任特委书记。他善于做实际工作，在主持特委工作期间，仅留下一位副书记主持机关工作，其余同志全部深入基层开展群众工作，通过一点一滴的实际工作，恢复和整顿了党组织。

王涛善于联系群众，在郴县附近建立一批群众组织，新组建挑盐苦力工会，积极组织和开展反对国民党派垄断食盐的斗争。任湘南特委书记期间，不论多么艰苦、复杂的斗争环境，都关心群众，爱护干部，和大家亲如骨肉，被大伙亲切地叫作"王婆婆"。

1940年12月，王涛奉中共南方局的命令调任闽西特委书记。为响应党的号召，1941年开春，王涛带着妻子张子芳和不满周岁的儿子王继涛千里迢迢来到闽西。

当时的闽西，国民党顽固派磨刀霍霍，四处搜捕共产党，形势剑拔弩张。特委书记王涛和机关党支部书记张子芳全力指导闽西斗争。

1941年，是闽西党组织革命斗争极端艰苦的一年。随着国民党顽固派"围剿"的不断加剧，为防止敌人的突然袭击，王涛带领特委机关经常是一日数迁。他们住山顶，睡草寮，忍受着风吹雨淋和蚊虫的叮咬。由于敌人的严密封锁，联系困难，东西经常送不上山

来。因此，特委机关的粮食、药品、食盐和衣被等生活必需品十分
匮乏，有时一连几天吃不上一顿饭。在艰苦环境中磨炼成长的王涛
和魏金水等领导就发动大家自己动手，采集蘑菇、竹笋、野菜充
饥，同时还派人冒着生命危险下山，筹集经费和物资，以粉碎敌
人的围剿。特委机关在王涛的领导下，团结战斗，经受了严峻的
考验。特委通过《团结报》，揭露敌人破坏国共合作的反共罪行，
宣传我党坚持团结、坚持抗战的正确主张，同时，组织武装自卫
反击。

　　当时，特委武装不过百人，而且大多是新战士，战斗力不强。
王涛针对这些情况，每天给干部战士上军事、政治课，指导他们进
行军事训练，以提高部队的战斗力，并计划不断扩大队伍。当过统
战部部长的王涛，利用敌人内部矛盾，想方设法同闽西地方实力派
人物接触谈判，分化瓦解敌人的营垒，扩大统一战线，为斗争的胜
利创造有利条件。在艰危的斗争环境中，王涛处处同干部战士平等
相处，同甘共苦。山上缺粮他总是自己少吃一点，让战士们多吃一
些；有的同志病了伤了，他总要亲自探望，嘘寒问暖，为他们让被、
送饭、煎药，关怀备至，同志们亲切地称他"王婆婆"。

　　由于奔波劳累，王涛患了严重的胃病。到闽西后，曾两度大
出血，同志们买了鸡蛋给他补养身体，他却坚持不接受，认为自
己不能搞特殊，把鸡蛋送到炊事班，给受伤、患病的同志增加
营养。

　　1941年9月，王涛派特委成员魏金水、陈卜人等人去开辟新区，
自己和张子芳及20余名工作人员留守特委机关。17日，他派出的两
名通讯员被捕叛变，带200多敌人潜伏在特委驻地附近。21日拂晓，

王涛正在小草坪上指挥战士进行军事训练，潜伏的敌人向他开枪射击，打中他右胸，当他忍痛指挥战士撤退时，身上又中一弹，不幸牺牲，时年33岁。

威震敌胆的王涛支队

1941年闽西事变发生后，国民党顽固派大肆捕杀我党干部和革命群众，气焰十分嚣张。为了顾全抗日大局，闽西共产党人按照中共南方局的指示，隐蔽斗争，上山开展生产自救，但仍为国民党顽固派所不容，在忍无可忍的情况下，中共闽粤边委决定，壮大武装队伍，扩大抗日反顽武装斗争，用武装自卫的斗争，求得团结和生存。

1944年10月25日，闽粤边委在上杭、永定边境的梅镇乡楮树坪，将闽西南经济工作总队和经济工作分队合编，正式成立了王涛支队，刘永生任支队长，范元辉为政委，巫先科为副支队长，陈仲平为政治部主任兼代政委，全队40余人。这支队伍是为了纪念三年前牺牲的原中共南委委员兼闽西特委书记王涛烈士而命名的。

王涛支队成立后，辗转于杭永岩武和闽南的平和、诏安、南靖，与国民党顽固派进行了不懈的斗争。支队成立后，经历了丰稔袭击战、田螺形战斗、乌兰坑战斗、公田战斗等大小数十次的战斗，屡挫强敌，战功卓著。自卫武装斗争的胜利，挫败了国民党顽固派的嚣张气焰，削弱了反动力量。同时，极大地振奋了人民群众的抗日热情和斗争信心，也进一步巩固和发展了闽西南广大地区的抗日游击根据地。

1945年2月，永定县康容支队编入王涛支队。6月，王涛支队在金丰大山整编，扩编为三个大队，支队部改为司令部。同时，将一、三大队组成抗日挺进队，开赴闽南，二大队在杭、永、蕉、梅边活动。10月，在龙门成立闽西军分区司令部，刘永生任司令，林映雪为政委，杨建昌为副政委，王涛支队的一部编入司令部下辖的"卜人""作球"两个大队。1946年3月，王涛支队在初溪锅子崇结束战斗，回到金丰大山休整后，在不打乱原建制的基础上，采取分散发展的方针，以大队为单位，到各地发动群众，扩大队伍，解决经济困难，开辟新的根据地。

像松树一样的陶铸

血泪家史

夏日的风带着血腥气息飘来的时候，十岁的陶铸和哥哥陶耐存正在梅溪跟随私塾先生李青尘念书。

一个中年人匆匆忙忙跑了进来，伏在李青尘耳边说了几句悄悄话，惊得李青尘把书掉在地上，一改往昔的斯文，号啕大哭起来。陶铸懂事地走到老师面前，看着老师伤心欲绝的样子，也哭了起来。

祁阳陶铸生平事迹陈列馆陶铸雕像

李青尘抹了把眼泪，将陶铸搂在怀里说："猛子，你爸爸铁铮先生，我的好兄弟，今天中午被县团防局以'通匪'罪，杀害在县城王府坪。"

陶铸和陶耐存一听爸爸被人杀害了，兄弟俩哭得更加伤心。陶耐存哭着对陶铸说："猛子，给爸爸报仇去！"说完，拉起陶铸就往外走。

李青尘一把扯住陶耐存，哭着对他说："你爸爸尸骨未寒，还等着你们回去下葬。团防局有人有枪，你们兄弟两个还是小把螺蛳，怎么斗得过他们？学好本领，长大后才好报仇雪恨啊！"说完，掏出几块光洋递给报信的中年人："你带他们兄弟先回石洞源，我安排好私塾和家里的事就赶过去吊孝。"他把三人送了很远很远，然后叮嘱报信人："一定要安全把孩子们送到家，半路上莫节外生枝。"

凭借月光的微亮，三人跋山涉水抄近路急急行走，好不容易越过灯盏窝，在三更半夜回到家里。

家里人忙碌了一下午和半个夜晚，在疲倦中都静静入睡了，只有母亲董氏坐在棺材边伤心流泪。

两人见了父亲的棺材，爬在棺材边放声大哭。哭了一阵后，董氏将兄弟俩喊到身边跪下，从一个蓝色包袱里拿出一件沾满血迹的白色对襟短衫悲怆地说："这是团防局局长黄子珠和军需官王信之杀害你们爸爸的血证！这件衣服要永远供奉在你们爸爸的灵牌前，这个仇，你们长大后一定要报，不报者，永不为陶家子孙！"

这时，舅舅董金山走了过来，告诉两人他们父亲被害的经过。

三个月前，石洞源来了伙土匪，领头的叫游年宝，扬言要石洞源的父老乡亲交钱交米，如抗拒不交，就火烧石洞源，鸡犬不留。

陶铁铮毕业于湖南南路师范学堂，曾参加过同盟会，担任过湖北都督府理财部煤务转运官。由于看不惯官场贪污腐败，辞职回乡创办了文昌阁小学，亲任语文、体育教师。由于在同盟会跟人练过武术，胆量比一般人都大。乡民为了安全，公推他出面，以陶氏族公名义杀鸡捞鱼招待游年宝一伙喝酒吃饭。陶铁铮见游年宝等人都是饥寒交迫的贫苦人出身，有心把游年宝拉过来为同盟会所用，因此，推杯换盏聊得特别投机，并杀白鸡喝血酒结为异姓兄弟，才保得石洞源的平安。

过了十多天，祁阳县团防局清乡，与陶铁铮积怨已久的本地豪绅李有定、刘玉贵为达到陷害的目的，花了1500个大洋贿通黄子珠，写状纸诬陷陶铁铮私通土匪，祸害百姓，民不聊生。黄子珠看见白花花的大洋在手，立即派人前往石洞源，连同其弟陶柏生一起逮捕押回团防局审讯。陶铁铮的三弟陶镕生正好从潘家埠回来，看见两个哥哥被抓走了，连夜从祁阳赶往长沙，找到在长沙兑泽中学当校长的姐夫杨文青求助。杨文青通过关系，写了书信递交省府，说明陶氏兄弟惨遭诬陷的事实。省府随即下达释放陶氏兄弟的电令。黄子珠受了贿，岂能眼睁睁地看着煮熟的鸭子飞了？于是，和军需官王信之商量，决定采取瞒天过海、先斩后奏的毒辣手段。1918年阴历六月十四日午时，陶铁铮、陶柏生两兄弟被杀害在祁阳县城边的王府坪，时年，陶铁铮31岁，陶柏生27岁。

听了舅舅介绍父亲的死因，陶铸捏起拳头对陶耐存说："我们要读书，要给爸爸报仇！"

陶铁铮惨死后，陶家没有了生活来源，就像大海里的一叶孤舟在摇晃。家贫如洗，缺钱少米，朝不保夕。年长陶铸两岁的陶耐存不忍看见母亲为了钱米低声下气求爷爷告奶奶，带着陶铸进山背杉树、卖柴换得一点可怜的钱交给母亲。为了让两兄弟继续上学，董氏借东家还西家债台高筑，幸赖姐夫杨文青、左亲右邻的相助，一家人的生活才得以勉强维持。血泪家史，艰苦生活，促使年少的陶铸不断努力学习，在劳动之余，坚持苦读。

坚定理想

父亲陶铁铮惨死，大仇数年未报，让少年陶铸满怀抑郁，常常以泪洗面，恨不得一下子长大成人，亲手刀劈黄子珠，以报血海深仇。这时，当地豪绅李有定、刘玉贵在残害陶铁铮得逞后，又想到斩草除根，加害陶铸、陶耐存。幸亏游年宝暗中派人保护，两兄弟才暂得安全。

失去了父亲的陶铸在忍饥挨饿中学会了坚强，又在坚强中学会了隐忍。有一天，陶铸上山打柴，一只受伤的小山雀跌落在他面前，他把小山雀捧在手中轻声地说："小山雀，我们同病相怜，你受伤在翅膀，我受伤在心里，我们都是吃黄连的人，有苦说不出。现在你受伤了，我可以帮你治，我受伤很久了，谁能帮我医治呢？"天快煞黑时，陶铸把小山雀放在汗巾里，背着柴禾回家。

经过陶铸的精心照料，小山雀翅膀上的伤好了。陶铸把小山雀带到山边，把小山雀放在手上说："快点飞吧，飞得高了，你就不容易再受伤了。"

小山雀飞了起来，停在树枝上回头看看陶铸，鸣叫一声，振翅飞过山岗，向太阳升起的方向飞去。

陶铸14岁那年，豪绅李有定串通阳明山的土匪来洗劫陶家，正好赶上在武汉做木材生意的本族叔父陶瑞卿回到石洞源。陶瑞卿得到消息，立即前往陶家告诉董氏，董氏央求陶瑞卿说："救人一命胜造七级浮屠，李有定要把铁铮一脉赶尽杀绝，请看在我们都是一个家族的份上，求你带猛子离开石洞源，给铁铮留点血脉吧。"面对董氏的哀哀苦求，陶瑞卿决定即刻启程，偕同陶铸前往武汉。

陶瑞卿经营的"瑞森祥木记"设在武昌白沙洲的木排上，后来，辗转到安徽芜湖。陶铸跟随陶瑞卿东奔西跑，在木排上当学徒。他和陶瑞卿的儿子陶炳炎年龄相仿，两人在木排上学着记树码、招待客商、煮饭、烧火之类的杂活。

陶铸喜欢学习，常常手不释卷，也不知道通过什么途径借来很多武侠书，《七侠五义》《小五义》《杨家将》都是他最爱看的书籍。陶炳炎在后来的回忆中说："猛子特别喜欢看武侠小说，看到引人入胜的段落，就情不自禁地模仿书里面的动作，一招一式，有模有样。我们睡在一张床上，经常会听见他在梦里喊'砍死黄子珠'的梦话。"

陶铸不仅喜欢看武侠书，也喜欢看《儒林外史》《秋水轩》，遇上不懂的疑难问题，就会找一个叫刘嘉博的青年人请教。刘嘉博读过很多书，有学问，也在芜湖经营木材生意，来他这里谈生意的客商很多，忙不过来时，就招呼陶铸过去帮忙。

有一天，刘嘉博和陶瑞卿坐在木排上喝茶闲聊，刘嘉博说："你的这个族侄勤奋好学，聪明能干。"陶瑞卿对刘嘉博拱拱手，问："先生饱读诗书，您认为我这族侄将来能干什么？"刘嘉博呵呵一笑，起身走到陶铸身边，捏捏他的肩膀，说了八个字："器宇轩昂，国家栋梁。"陶瑞卿一听，惊得合不拢嘴，把眼睛揉了又揉，他不敢相信，自己从石洞源山沟沟里面带出来奔活命的陶猛子，日后会成为国家栋梁？他不敢相信，使劲地把手掐了掐，被掐得手很痛，就自顾自地笑笑，认为刘嘉博是在开玩笑，又不敢不认真，终归读书人都是文曲星下凡，说的话在理。因此，对陶铸的关心又多了一些。

陶铸爱读书，刘嘉博非常喜欢，每到晚饭后，就把他喊到木材行指导写字和写作文的方法。但怎么才能报杀父之仇，怎样才能让穷人不再受苦？他一直没有找到答案。一天晚上，刘嘉博让他陪自己散步，在闲谈中，陶铸将这些想法全盘说了出来。刘嘉博听后，若有所思地说："猛子，你不是做生意的料，要想报仇，要想让天下的穷人不再受苦，只有拿起枪杆子打天下。"他指指南方道："孙中山先生创办的黄埔军校招生在即，你去报考，所有的理想、抱负，将来都会实现。"

陶铸问："黄埔军校在什么地方？"

刘嘉博告诉他，黄埔军校在广州，距离安徽很远，全国很多热血青年为了实现自己的抱负和理想，不远千里万里，聚集在黄埔军校学校。

刘嘉博的话无异于黑夜中的北斗星给懵懂的陶铸指明了实现愿望的方向，他很惊喜，也很开心。当他想到要去遥远的广州，自己身上没有几个盘缠做路费时，黯然失色的表情不自觉地流露出来，刘嘉博看在眼里，和蔼地说："只要你决定动身，我给你足够的路费。"

这一夜，思前想后的陶铸在床上整夜未眠。他一直在想，考进黄埔军校后，要努力学习军事，然后投身队伍，再带兵回到祁阳县，火烧吃人的县团防局。抓住黄子珠和乡里豪绅地主，交给穷苦人用刀砍死。想到这里，他不由地笑着进入了梦乡。

第二天一大早，他来到刘嘉博的木排行，就看见刘嘉博坐在椅子上，他的面前放着光洋。还没等陶铸开口，刘嘉博笑呵呵地说："昨晚没有睡好吧？决定去黄埔军校，这18块光洋你拿走。考中不考中，都给我写封信。"

陶铸要去广州考军校，陶瑞卿也在给他凑盘缠。1925年，陶铸第一次报考黄埔军校时，由于数学成绩太差，没能被录取。在朋友介绍下，在黄埔军校入伍生营部担任司书，在半工半读中自学和补习数学。后来，司书职位被人挤掉，陶铸只好来到武汉。这时，陶瑞卿因木业生意失败也来到白沙洲准备重振行当，陶铸人生地不熟，就吃住在陶瑞卿家。

日子一晃就是两个月，陶铸不愿意白吃，想出去找工作。陶瑞卿介绍他到汉阳鹦鹉洲竹木厘金局当稽征员，负责开大票，每月工资18元。

这时，陶铸接触了很多新鲜事物，五四运动爆发，中国共产党的诞生，马列主义在中国的传播等，扩展了陶铸的视野。这年8月的一天，陶铸去中华大学听演讲，演讲者萧楚女慷慨激昂的演讲打开了陶铸心里的结。萧楚女参加过武昌起义、五四运动，曾与恽代英一起主编《中国青年》，在广州协助毛泽东编辑《政治周报》。萧楚女说："当前社会衰败的原因，是帝国主义侵略和封建主义统治造成的。要改变这种状况，我们的首要任务就是要赶走帝国主义，推翻封建主义。"

正在这时，同乡蒋伏生（黄埔一期）、傅国期（黄埔三期）到武汉找他，告诉他苏联十月革命胜利的消息。陶铸听了心里豁然开朗，于是，下定决心要到大革命的中心——黄埔军校去。他立刻辞去了厘金局的工作，又在其他老乡的资助下，经过几天的颠簸，终于到达广州。

1926年初，满怀壮志的陶铸在蒋伏生的介绍下投身国民革命，不久，加入中国国民党。6月，第二次报考黄埔军校，被录取为第五期生，受训4个月后，升入军官班，编入第一学生总队第三大队第十五队。在这里，他接受了马列主义思想，陶冶了情操。10月，由陈葆华、赵世嘉、詹不言介绍，陶铸加入了中国共产党，开始走上革命道路。

对敌斗争

南昌，是一座美丽的城市，她不同于霓虹灯里的夜上海。

因为八一南昌起义，南昌成为中国现代史上一个绕不过去的话题，因此，英雄城是戴在她头上闪烁光芒的桂冠。

陶铸来到南昌城的时候，恰好是1927年7月，他的身份是第十一军二十四师七十一团团部副官，第十一军军长是大名鼎鼎的北伐名将叶挺。

陶铸的妹妹陶花妹曾回忆说："大革命惨遭失败，党中央决定用武装的革命反抗武装的反革命。叶挺在九江连夜召开干部会议，传达党中央'率部开往南昌，举行武装起义'的决定，这时，陶铸要求下到基层连队，经叶挺同意，调任二十四师七十一团团二营特务连连长。陶铸到了连队，立即召集全连党员传达会议精神。"8月1日，是注定要载入史册的。从这一天起，星星之火开始燎原，中国共产党打出的旗帜，红遍了祖国的大江南北。

8月1日凌晨，三颗红色信号弹腾空而起，闪烁着迷人的光芒，标志一个黑暗时代的逐渐结束。随着震耳欲聋的高呼声，陶铸和连指导员萧克右手高举驳壳枪，脖子上系着鲜艳的红领带，左臂扎上白色的毛巾，带领部队冲锋陷阵。

萧克将军曾回忆："我和陶铸带领特务连负责解决驻扎在匡庐中学里的第六军五十七团团部，我带一个排从右翼穿插包抄，陶铸带领两个排从左翼包抄，敌军想从正面突围，被预先埋伏在这里的三挺机枪交替封锁台阶，敌军无路可逃，只好乖乖地举手投降。"

在南昌起义纪念馆，通过讲解员讲解，我们了解到南昌起义后，义军撤出南昌的经过：8月的南昌，骄阳似火，鸣蝉在树枝上不停地鸣叫。连续行军十多天，火辣辣的太阳高悬在空中，找不到一丝云彩。顶着骄阳行军，人走乏了，脑袋就变得昏沉沉的，由于出汗过多，不能及时补充水分，一双脚变得软绵绵的，感觉走在云雾上面。有的人走着走着就睡着了。宣传队站在坡地上用铁皮做的话筒喊口号，或者唱歌和说顺口溜，不断给部队鼓劲。陶铸是一个不知疲倦的人，也站在宣传队里，顶着烈日，冒着酷暑给战士们做宣传，鼓励战士们迈开大步朝前走，让很多人受到鼓舞，依靠这些强大的精神力量，起义军在南下的路上奋力前进。随后，陶铸参加叶剑英率领的教导团，在广州城内打响了首义的第一枪。经过南昌起义、广州武装起义的革命战斗洗礼，陶铸坚定了只有枪杆子才能打天下的思想。广州起义失败，陶铸决定回到湘南打游击，建立红色武装根据地。

几经辗转，陶铸秘密回到祁阳县城。一天，陶铸在罗口门街边的小摊上吃祁阳米粉，很多年没吃上家乡的米粉了，陶铸接连叫了两大碗。祁阳米粉细如发丝，晶莹透亮，原材料是文明铺产的上好稻香米，采用压榨技术，生产出来的米粉在衡阳、桂林供不应求。肉丝粉、木耳酸辣粉、鱼头粉、三鲜粉应有尽有。陶铸吃了碗三鲜粉，正要吃鱼头粉，一个人悄悄靠近了他，并且，用一个东西顶住了他的背脊。陶铸在心里说，完了，刚一回来就被盯上了。就在他琢磨如何脱身时，来人变着嗓门压低声音道："站起来，老老实实跟我走。"对陶铸来说，起身就是很好的脱身机会，他想借此快拳出击，直中对方命门，求得脱身。对方可能看出了他的用意，附在他耳边仍然小声地说："好你个陶猛子，竟然敢在大街上现身，就不怕反动派抓你？"陶铸听着这声音耳熟，一下子想不起来是谁，侧过身来一看，竟然是小时候在石洞源一块玩泥巴的申庆礼。他一拳打在申庆礼的肩膀上说："你个死家伙，吓我一大跳。"接着问："你怎么认出我来了？现在过得怎么样？"申庆礼答非所问："听陶炳炎回来说，你从武汉鹦鹉洲跟蒋伏生几个去了黄埔军校？"紧接着追问："黄埔军校有国民党、共产党，你入了哪个党？"陶铸没有接话，而是把面前还没有来得及吃的鱼头粉推到他面前，查看了四周说："快吃，找一个偏僻的地方说话。"申庆礼也不客气，三两口就把一碗米粉唆了下去。

吃完后，两人迅速离开罗口门，捡偏僻地方走。陶铸告诉申庆礼，自己跟蒋伏生来到广州，跟哥哥陶耐存一同考上了黄埔五期。在蒋伏生介绍下，先加入国民党，陶耐存则加入了共产党。几个月后，在陈葆华等人的影响下，又加入了中国共产党，成为一名坚定的共产主义者，跟随叶挺参加了南昌起义和叶剑英领导的广州起义，哥哥陶耐存参加了毛泽东领导的秋收起义，上了井冈山。

申庆礼听后告诉陶铸："我也是共产党员，刘东轩从常宁水口山回到祁阳担任县委书记后发展我入党的。"小时候的朋友也成了共产党员，陶铸心里有着说不出的高兴。他对申庆礼说："快点带我去见刘东轩同志，我迫切要找到党组织。"

在祁阳县党史办，我们查到一份关于陶铸在广州起义失败后回到祁阳的资料，资料显示：陶铸经乐昌，翻越九峰山回到祁阳，与祁阳党组织负责人刘东轩取得了联系。刘东轩系1927年10月受湖南省委指派来到祁阳，化名钟德贵，租住在县城油屋街，以卖药行医为公开职业，人称"钟先生"。

陶铸在申庆礼的引荐下，以看病为由来到油屋街同刘东轩会晤。刘东轩听取了陶铸的汇报。鉴于当前形势紧张等问题，让陶铸改名陶磊，以收购茶饼为名，协助刘东轩恢复和发展党组织。

金玉楼笔墨店位于祁阳县衙前街，是祁阳县城装修最为豪华的店面。老板叫江徽，大革命失败前加入党组织，是大革命时期县总工会委员，第一区第一乡农民协会委员长。刘东轩带陶铸来见江徽，主要是谈如何搞枪拉人上山打游击。

刘东轩带陶铸一走进金玉楼笔墨店，就看见十多个伙计忙不停。刘东轩和伙计们都很熟悉，打着哈哈问伙计："看来金玉楼的生意蛮不错的，江老板在不在？"伙计连连应诺道："在，在，我就给您喊。"刘东轩摇摇手，指指陶铸说："我这个朋友想看看贵店精制的狼毫名笔，我带他去见江老板，顺便讨一杯茶喝。"两人撩开帘子进了后堂，江徽闻声正好要出来，刚好碰了个正着。刘东轩简明扼要地介绍了双方的身份，陶铸便坐在一旁的椅子上向江徽交代当前祁阳县党组织的斗争任务：南昌起义和广州起义虽然失败，但是，劳苦大众的觉悟得到前所未有的提高，中国共产党已经抓住了枪杆子，有了自己的军队。南昌起义后，毛泽东发动了秋收起义，将几千人马的部队带到了井冈山，开辟了红色根据地。为配合井冈山的对敌斗争，祁阳党组织要尽快拖枪占领四明山，同阳明山的周文农民自卫军联合起来，形成相互犄角，狠狠打击敌人，再寻找时机前往井冈山与秋收起义部队会合。

1928年1月15日夜晚，伸手不见五指，在呼啸的寒风中还夹着雪花。县城东郊下马渡杨知山徐家院迎来了30多位稀客，他们裹着厚厚的棉衣，穿着棉鞋一路走来。雪花飘在他们的脸上，谁也没有觉得冷，每一个人心里都满怀着喜悦和激动。

徐家院的主人叫徐文生，是一位开明的私塾先生，也拥护共产党的主张。当外甥申维善商量要在他家里秘密召开全县党员代表大会时，他非常高兴地说："到时我给你们多烧几盆炭火，帮你们望望风。"代表们陆续走进堂屋，几盆炭火吐着红红的火苗，满屋子热气腾腾。本次大会让大家丝毫没有感觉到冷的存在。

为了防止引起注意，大会仅开了一个多钟头。本次大会选举产生了中共祁阳县委，刘东轩任书记、李用之任组织委员、陶铸任军事委员兼青年委员，申维善、陈宏志、黄履常分任工运、农运、财务委员，宋慕之、江徽为候补委员。会上，刘东轩代表县委传达了党中央汉口八七紧急会议决议。陶铸讲解了毛泽东在八七会议上强调的"枪杆子里面出政权"的政治思想，明确指出，必须走广州暴动工农兵苏维埃的路，建立红色政权。深入分析了李济深、唐生智双方战争虽然结束了，但蒋介石占据东南地区，桂系控制安徽、两湖到广西一线，势均力敌，蒋桂必有一战。如此军阀混战，只有搞武装、搞暴动才是出路。再次提出拖枪带人上四明山建立根据地的决定。

四明山处于零陵、邵阳、衡阳交界处，属于三不管的地方，历来都有仁人志士在山上活动，陶铸认为，先搞暴动再上山，打击敌人的嚣张气焰。

会议后不久，祁阳县委接到中央传来"立即暴动"和湖南省委关于在全省各地举行"年关暴动"的指示。陶铸利用在黄埔军校学到的战术战略，制定了祁阳县城区"除夕大暴动"的行动方案：（1）在没有枪支的情况下，抓紧赶制梭镖、大刀，以在进攻团防局、警察局时做进攻武器；（2）在除夕夜（公历1月22日），利用反动军政人员的麻痹思想，36名党员全部出动，用老虎钳剪断电讯线，打灭"十户灯"（城区街上，每十户悬挂一盏灯照明），散发传单，张贴标语，宣传共产党和工农革命军以解救劳苦大众为己任的宗旨；（3）利用时机，冲击团防局和警察局，夺取枪支，实行武装革命。

刘东轩等人认为方案可行，但是，手中没有枪，要实现除夕暴动很难，如果强行实施，只会付出血的代价。陶铸针对敌强我弱的势态做了预判，同意在时机成熟后再举行暴动。

劫狱营救

厦门，别称鹭岛，位于福建省东南部，与台湾隔海相望，是一座美丽的海港城市。

1929年春天，受党的委派，陶铸来到福建省委（省委驻厦门）任军委秘书，协助省军委书记王海萍领导全省的武装斗争，同时，在国民党军队内开展兵运工作。

1930年春，由于叛徒出卖，厦门的地下党组织遭到破坏，市委书记、团省委书记，以及30多位厦门地区的工人运动干部和红军指战员，先后被国民党反动派逮捕，关押在厦门思明监狱。这些人都是党的宝贵财富，党组织严厉指出，不论牺牲有多大，一定要救出被捕的同志。在商量如何营救方案时，营救任务落到福建省军委秘书陶铸的身上。

卢茂材在文章中回忆：陶铸由内线得知，当时我方被捕人员遵照福建省委指示，成立了狱中临时党支部，在狱中坚持斗争。根据这个消息，陶铸分析认为，如果里应外合，把狱中战友安全营救出来的把握是很大的。此时，省委接到密报，国民党方面已准备把被捕人员押往福州。情形突变，省委连续召开了五次会议，研究后一致认为必须立即采取果断行动进行营救，并委任陶铸为武装劫狱行动总指挥。陶铸经侦察得知，监狱警卫队共36人，监狱里面有卫兵四人，分别部署在三个地方。监狱铁门外面是一个天井，看守的哨兵平时都不带枪，只有监狱长一人佩戴手枪，他主要在天井西边的小楼上办公。每周三、六两天允许探监，只要暗地里给看守和卫兵一些钱，谈话时间不限，甚至可以把大包小包的衣物食品送进去。为进一步核实，陶铸亲自带领准备参加劫狱行动的人员，以探监为名，多次进入监狱进行侦察，把监狱情况了解得一清二楚。根据侦察结果，大家讨论后认为，劫狱行动必须立足于一个字：快！而且只能智取，不能强攻。且只能在增援的敌人赶到前20分钟内结束，才能保证所有人安全转移。从4月下旬起，陶铸就和特务队11名成员，在鼓浪屿进行了为期4周的秘密训练，报省委同意，将劫狱日期定在5月25日，因为这天是星期天，国民党军警机关放假，长官也不会在现场办公。而且当天到监狱附近的南普陀寺上香的善男信女必然很多，有利于撤离，厦门地下党组织一些人混在游客中，掩护劫狱。接应的其他队员则化装成游客、小摊小贩等，在劫狱前陆续到达思明县政府附近。准备接运出狱人员的两只木船，悄悄停泊在监狱附近直通渔港的石堤边。

陶铸带领特务队的11人来到监狱，分为两队，其中一队六人为内队，分别以探监和找同事为名混入监狱，争取骗开监狱大门和牢门。另外五人是劫狱的主攻队，为外队，由陶铸亲自率领，对付门口的警卫和可能出动的警备队。一切准备就绪，陶铸向内队发出行动信号，两人一组，分三批进入思明监狱。就在这时，意外发生了，副监狱长发现我方一名队员有些可疑而动手搜查，另一名队员立即一枪将其击毙，同时还一枪打死一名想抵抗的看守。在六名队员冲入监狱时，陶铸和外队的五名队员，击毙了执勤门岗，迅速冲进县政府大门，陶铸开枪打死警备队长和另一个警备队员，失去指挥的30多个警备队员四散逃命。进入牢内的六名队员，钳断了牢房的铁锁。40多名被捕的同志立即一个跟一个冲出牢门，整个行动仅用了10分钟。分布在县政府附近的接应队随即出动，每人带领三五名越狱者迅即撤离，乘船前往闽西根据地，整个营救，因击毙敌军警多名，我方无一伤亡而震惊全国，轰动南洋。陶铸在完成劫狱任务后，装扮成一位阔气的游客进入南普陀寺观察对方动静。当气急败坏的国民党军警冲进南普陀寺搜捕可疑人员时，陶铸正巧遇见一位在厦门国民党政府机关做事的湖南老乡，两人若无其事地聊天，一点也没有引起敌人的注意，从容地脱离了现场。1956年，由陶铸策划和领导的劫狱被拍成名为《小城春秋》的电影，再现了那段难忘的岁月。

红色小交通员欧阳立安

欧阳立安是湖南长沙人，1914年出生。他的父亲名叫欧阳梅生，是我党早期的中层领导人员，曾担任湖南省总工会秘书长和湖北省汉阳县委书记，与革命家蔡和森是同窗好友。他的母亲名叫陶承，也是一位有影响力的老党员。她长期以自己的家为中转站，从事地下工作。由于帮助的人太多，陶承有一个别人给的爱称，叫作"革命妈妈"。

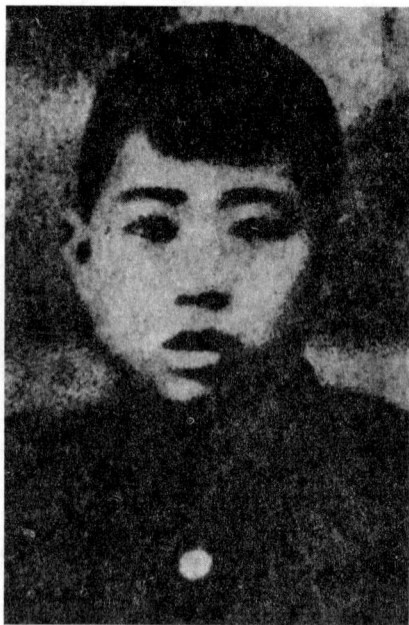
欧阳立安像

在这样的家庭氛围熏陶下，欧阳立安从小就有了革命情怀。1925年，他去长沙修业学校念高中，他就在校内积极宣传民族英雄和爱国思想。他的年纪还小，无法亲自参加斗争，但是心里一直憋着一股劲，想要在未来的岁月里走上街头，为革命添上一把火。

1926年，北伐战争开始。叶挺独立团一路势如破竹，很快就占领了长沙。为了尽快恢复社会秩序，长沙的学生组成了儿童纠察队，而欧阳立安，就是纠察队的队长。他的个子不高，每天出门都会带着板凳，等到参加活动的时候，他就会站在板凳上振臂高呼革命口号。那个时候，他还只是个高小没毕业的孩子。

1927年5月21日，国民党军官许克祥突然对共产党人举起了屠刀，马日事变爆发。湖南党政机关被捣毁，欧阳梅生携带妻儿搬家去了武汉，在新家又继续建立了新的县委机关，传递消息和文件的任务，就交给了欧阳立安。从此，欧阳立安就成为一名专职交通员。

欧阳立安每天的工作，除了要传递组织的内部文件外，还需要去各个联络点发放《大江报》，这是由向警予、谢觉哉等人编辑的一份进步报纸。当时，敌军警巡查非常严，欧阳立安要如何躲开这些敌人呢？他在这方面可是很动了一番脑筋。欧阳立安虽然13岁了，但他身材依然不高，每次出去行动都不惹眼，不会引起敌人的怀疑，这是一个优势，为掩护，在去送文件的时候，欧阳立安还会叫上自己的妹妹。一旦看到敌军警，他们就假装闹别扭，互相吵闹。警察以为就是普通的小孩儿打架，很少搭理他们，他们就趁机蒙混过关。如果发现有盘查严格的检查站，欧阳立安宁可绕道十几里也要躲开，不让敌人检查自己。靠着这种机警，欧阳立安总是能圆满地完成任务。当然，有的时候也会碰到突发情况，欧阳立安总能巧妙应对。

有一次，欧阳立安去给一位姓王的工人送文件。这位工人为人和蔼，平时很照顾欧阳立安兄妹，兄妹二人称他为"王叔叔"，彼此相处得很融洽。然而这一次，当欧阳立安推开王叔叔的家门时，一把手枪顶在了他的头上，一个满脸横肉的便衣凶狠地问他："你是谁？干什么的？"

欧阳立安马上明白，王叔叔被捕了，敌军警正在以王叔叔的家为诱饵，等着革命人士自投罗网。为了避免更多的牺牲，欧阳立安忽生一计，猛地一下抱住了对方的大腿，谎称要"豆腐钱"。便衣军警非常不耐烦，看他是一个小孩子，又怕放走大鱼，就把欧阳立安轰走了。

欧阳立安在没有人的地方销毁了文件后，又在墙壁上做了记号，警告其他同志小心。等他回到家，把这件事和父亲说了，欧阳梅生高兴地对儿子说："这件事你处理得很好，我要替你记功！"《大公报》编辑谢觉哉先生曾这样称赞欧阳立安说："当时环境恶劣，编报、印报、发报都是单线运作。这个孩子，就秘密替我们传送。他勇敢机警，常常能骗过敌人，真是一位少年斗士。"

除了传递材料之外，欧阳立安还担负着放哨的工作。有一次，他的父亲召集县委同志开会，欧阳立安拿了一个凳子，坐在门口观察街面的动静。突然，他听见一阵狗叫声，紧接着就看见很多敌军警挨家挨户地搜查。欧阳立安赶紧回屋，带领大家从后面上了龟山。当他们来到一座破庙时，却发现前面也出现了大批敌人。显然，敌人是来堵截的。怎么办？关键时刻，欧阳立安猛然想起，自己的弟弟曾经和他说，在玩耍的时候，发现破庙的佛像后面有个一洞，直接通向一个密封的房间。现在，这个房间可能就是同志们唯一的庇护所了。想到这里，欧阳立安赶紧招呼大家进庙，然后在佛像后面发现了洞。当其他同志都进入洞后，欧阳立安像没事人一样在庙里蹲着。等听到敌人走到庙门口的时候，他索性在佛像边拉起了大便。敌人进来搜查的时候，看到正在大便的欧阳立安，纷纷捂着鼻子退了出去。

1928年底，欧阳梅生因为工作强度太大，积劳成疾，牺牲在工作岗位上。父亲不在了，但欧阳立安的革命意志反而更加坚定。1929年春，他辗转来到上海，跟随沪中区委书记何孟雄从事工人运动工作。欧阳立安仍然如同在武汉时一样奔波于各大工厂、传达指示、布置工作。他的工作非常辛苦，有的时候甚至累到休克。上级很看重这个革命的孩子，在不久之后，刚刚15岁的欧阳立安就加入了共产主义青年团。

工作之余，欧阳立安还努力学文化，自编了一首"劳动儿童团歌"。在1930年的五一劳动节，他带领500名童工，参加了沪东区委在华德举行的集会游行，每一个儿童团员的口中，都唱着他们的团歌："冲、冲、冲，我们是劳动儿童团。不怕敌人刀和枪，不怕坐牢和牺牲，杀开一条血路，冲、冲、冲！"突出的表现，让欧阳立安获得了党组织的信任。就在华德游行结束后不久，欧阳立安在何孟雄的介绍下，加入了中国共产党。这一年，他年仅16岁，是中国共产党当时最年轻的党员。也就在这一年的5月，欧阳立安跟随刘少奇赴莫斯科参加大会，并且帮中国代表团的女工代表黄菊英准备了大会发言稿。这份稿件写得非常优秀，详细介绍了上海工人的生活情况和斗争情况。会后，大家都夸他稿子写得好，欧阳立安却谦虚地说："我的水平还差得远呢。"回国后，欧阳立安成了共青团江苏省委委员兼上海总工会青工部部长，成了一名独当一面的干部。

1931年1月17日，党组织在上海天津路中山旅社举行会议，欧阳立安、沪中区委书记蔡博真等干部参会。他们不知道，敌人已经侦查到了这里。下午1时许，敌人突然包围了整个旅社。经过一番激战后，欧阳立安等人被捕，被关入了国民党龙华监狱。

在监狱中，敌人看欧阳立安年纪小，对他进行威逼利诱，希望从他口中得到党组织的秘密。欧阳立安坚贞不屈，面对敌人的拷打毫不动摇。经过了十几天的审问，敌人从他嘴里得不到任何情报，便决定杀害他。

2月7日这天深夜，在国民党淞沪警备司令部的刑场上，年仅17岁的欧阳立安和其他23位同志，一起傲然而立，唱起了《国际歌》。

行刑前，欧阳立安留下了遗言："我是共产党员，就是筋骨变成灰，还是百分之百的共产主义者！我为正义，为人民而死，死而无怨！"

第五章

▽

红色

家书

夏明翰的三封诀别家书

夏明翰，字桂根，湖南衡阳人。他出身于富裕的豪绅家庭，却勇于冲破封建桎梏，毅然投身革命事业。夏明翰1921年加入中国共产党，曾在湖南组织秋收起义，后调任中共湖北省委常委。1928年2月，由于叛徒的出卖，夏明翰在武汉被捕。敌人对夏明翰施以各种酷刑，但他宁死不屈，最终英勇就义。在夏明翰的影响下，他的外甥、妹妹和两个弟弟相继为革命事业献出了年轻的生命，成就了夏家"一门五烈士"的红色传奇。

夏明翰像

夏明翰在生命的最后时刻，依然对革命充满信心，他用敌人给他写自白书的半截铅笔，分别给母亲、妻子和大姐写下了三封诀别信。这三封信，一封言爱，一封明志，一封盼黎明，纸短情长，字字悲歌，饱含着对信仰的执着和对革命必胜的信念，以此安慰亲人、鼓励后辈，希望他们为革命真理和共产主义事业继续奋斗。

三封诀别书，寥寥数百字，一笔一画，浓缩家国情怀；一字一句，彰显英雄本色。在被关押43天后，夏明翰被押赴汉口余记里刑场，行刑前他挥笔写就了那篇振聋发聩的就义诗："砍头不要紧，只要主义真。杀了夏明翰，还有后来人！"

尊敬的妈妈：

你用慈母的心抚育了我的童年，你用优秀古典诗词开拓了我的心田。爷爷骂我、关我，反动派又将我百般折磨。亲爱的妈妈，你和他们从来是格格不入的。

你只教儿为民除害、为国除奸，在我和弟弟妹妹投身革命事业的关键时刻，你给了我们精神上的关心、物质上的支持。

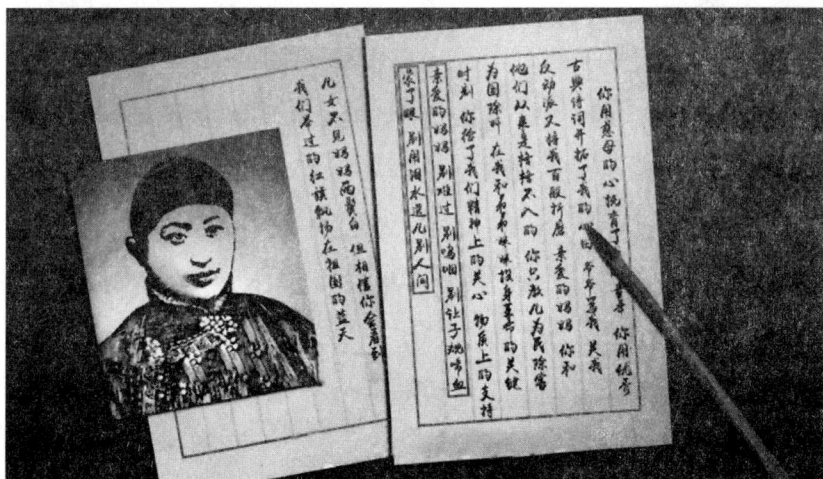

夏明翰写给母亲陈云凤的信

亲爱的妈妈，别难过，别呜咽，别让子规啼血蒙了眼，别用泪水送儿离人间。儿女不见妈妈两鬓白，但相信你会看到我们举过的红旗飘扬在祖国的蓝天！

这封写给母亲的信，表达了夏明翰对母亲的感恩之情，将"百善孝为先"的中华传统与共产党人的崇高理想深深融合，用对革命的美好愿景写下了一个不能侍亲终老的儿子惊天动地的"大孝"。

亲爱的夫人：

同志们曾说世上惟有家钧好，今日里才觉你是巾帼贤。我一生无愁无泪无私念，你切莫悲悲凄凄泪涟涟。张眼望，这人世，几家夫妻偕老有百年。抛头颅、洒热血，明翰早已视等闲。"各取所需"终有日，革命事业代代传。红珠留着相思念，赤云孤苦望成全，坚持革命继吾志，誓将真理传人寰！

夏明翰写给妻子郑家钧的信

夏明翰这封写给妻子的信，一边是挚爱，一边是大义，字里行间饱含着生离死别的深情眷恋，更留下了将革命事业代代传的豪迈誓言。英雄也有儿女情长，但革命者的爱情因革命而永生！

亲爱的大姐：

　　大姐为我坐牢监，外甥为我受株连。我们没有罪，我们要斗争。人该怎样做，路该怎样走，要有正确答案。我一生无憾事，只认定共产主义这个为人类解放造幸福的真理，就刀山敢上，火海敢闯，甘愿抛头颅，洒热血！

　　这封给大姐夏明玮的诀别信，赞颂了大姐一家为革命理想的义无反顾和伟大付出，也让世人为夏家这个爱国救民的"忠烈之家"而感到震撼，充分展示了共产党人以天下为己任的胸襟和前赴后继的执着。

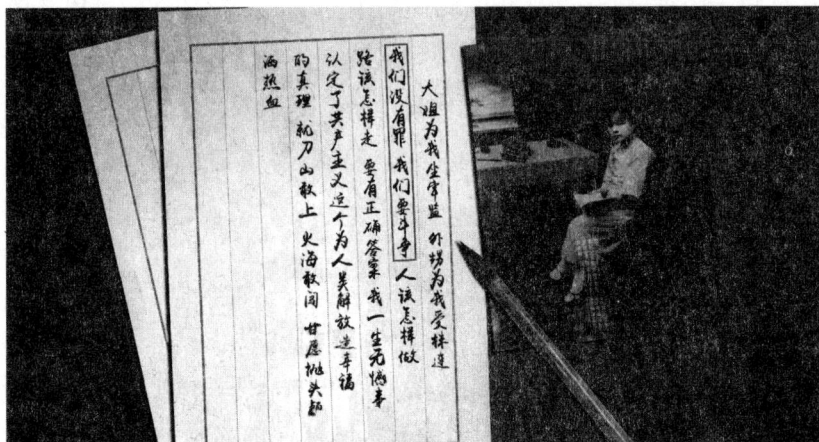

夏明翰写给大姐夏明玮的信

左权致妻子：别时容易见时难

　　左权，原名左纪权，号叔仁，1905年3月15日生于湖南省醴陵市黄茅岭一个农民家庭。1925年1月，左权在黄埔军校由陈赓、周逸群介绍加入中国共产党。1934年10月，长征开始，左权经常参与指挥战斗，协助聂荣臻等指挥渡赤水河、过大渡河、夺泸定桥、攻腊子口等战斗和直罗镇战役。1936年，任红一军团代军团长，率部西征，迎接红二、四方面军北上。

　　1937年8月，中国工农红军改编为国民革命军第八路军，左权任八路军副参谋长。9月15日，同朱德总司令、彭德怀副总司令率八路军东渡黄河开赴华北抗日前线。1940年8月至12月，左权参与领导了著名的百团大战，共毙伤日伪军两万余人，破坏铁路、公路2000余公里，拔除敌军据点3000多处，取得了重大胜利。1942年初，日军接连向晋东南根据地发动"总进攻"。1942年5月，八路军总部机关开始转移，左权亲自率129师及警卫连部署突围计划。在突围中，由于后勤部门对形势估计不足，使几千人马阻滞在山西河北交界的十字岭，日军发现了目标，从四面合围，步步紧逼。在总部机关和老百姓转移完毕、掩护部队冲向敌人最后一道封锁线时，一颗炮弹在左权身边爆炸，八路军卓越的将领左权将军壮烈牺

左权写给妻子刘志兰的最后一封信

牲，时年37岁。

此信写于1942年，这封家书是左权将军壮烈殉国前几天写给爱妻刘志兰的最后一封信。

志兰：

就江明同志回延之便再带给你十几个字。

乔迁同志那批过路的人，在几天前已安全通过敌之封锁线了，很快可以到达延安，想不久你可看到我的信。

希特勒"春季攻势"作战已爆发，这将影响日寇行动及我国国内局势，国内局势将如何变迁不久或可明朗化了。

我担心着你及北北，你入学后望能好好地恢复身体，有暇时多去看看太北，小孩子极需人照顾的。

此间一切如常，惟生活则较前艰难多了，部队如不生产则简直不能维持。我也种了四五十棵洋姜，还有二十棵西红柿，长得还不坏。今年没有种花，也很少打球。每日除照常工作外，休息时玩玩扑克与斗牛。志林很爱玩牌，晚饭后经常找我去打扑克，他的身体很好，工作也不坏。

想来太北长得更高了，懂得很多事了，她在保育院情形如何？你是否能经常去看她？来信时希多报道太北的一切。在闲游与独坐中，有时总仿佛有你及北北与我在一块玩着、谈着，特别是北北非常调皮，一时在地下，一时爬在妈妈怀里，又由妈妈怀里转到爸爸怀里来，闹个不休，真是快乐。可惜三个人分在三起，假如在一块的话，真痛快极了。

重复说我虽如此爱太北，但是时局有变，你可大胆按情处理太北的问题，不必顾及我。一切以不再多给你受累，不再多妨碍你的学习及妨碍必要时之行动为原则。

志兰！亲爱的：别时容易见时难，分离二十一个月了，何日相聚？念、念、念、念！愿在党的整顿之风下各自努力，力求进步吧！以进步来安慰自己，以进步来酬报别后衷情。

不多谈了，祝你

好！

叔仁

五月二十日晚

有便多写信给我。又自本区开始扫荡，明日准备搬家了，托孙仪之同志带的信未交出，一同付你。

任弼时的家书：冒险奋勇男儿事

　　任弼时（1904—1950），湖南湘阴（今属汨罗市）人，原名任培国，号二南。1920年8月加入中国共产主义青年团。1921年5月赴莫斯科东方劳动者共产主义大学学习。1922年加入中国共产党。1935年参加长征。抗战爆发后，任八路军政治部主任，和朱德、彭德怀等率八路军开赴山西前线抗战。1945年在中共七届一中全会上当选为中央政治局委员和中央书记处书记。1946年后，和毛泽东、周恩

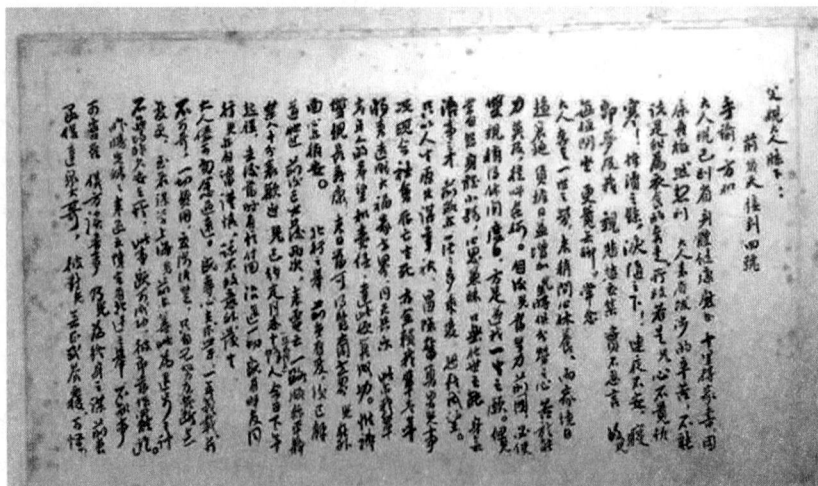

任弼时写给父亲任裕道的信

来一起转战陕北，协助毛泽东指挥解放战争。1949年初，指导建立中国新民主主义青年团，被推选为团中央名誉主席。因长期抱病工作，任弼时于1950年10月27日在北京逝世，终年46岁。

这是任弼时1921年5月赴莫斯科学习追求革命真理前在上海写给父亲的信。

父亲大人膝下：

前几天接到四号手谕，方知大人现已到省，身体健康，慰甚。千里得家书，固属喜极，然想到大人来省跋涉的辛苦，不能说是非为衣食的奔走所致，若是，儿心不觉顿寒！捧读之余，泪随之下！连夜不安，寝即梦及我亲，悲愁交集，实不忍言。故儿每夜闲坐更觉无聊。常念大人奔走一世之劳，未稍闲心休养，而家境日趋窘迫，负担日益增加，儿虽时具分劳之心，苦于能力莫及，徒叫奈何。自后儿当努力前图，必使双亲稍得休闲度日，方足遂我一生之愿。但儿常自怨身体小弱，心思愚昧，口无化世之能，身无治事之才，前路亦茫茫多乖变，恐难成望。只以人生原出谋幸福，冒险奋勇男儿事，况现今社会存亡生死亦全赖我辈青年将来造成大福家世界，同天共乐，此亦我辈青年人的希望和责任，达此便算成功。惟祷双亲长寿康！来日当可得览大同世界，儿在外面心亦稍安。

北行之举前虽有变，后已改道他进，前后已出发两次，来电云一路颇称平静，某人十分表欢迎。儿已约定同志十余人今日下午启程，去后当时有信付回。沿途一切既有伴友同行，儿亦自当谨慎，谅不致意外发生，大人尽可勿念过远。既专心去求学，一年几载，并不可奇，一切费用，交涉清楚，只自己努力，想断无变更。至若谋学上海，儿前亦筹此为退步之计，不过均非久安之所，此事即可成功，彼即当作罢论。

昨胜先妹妹来函云陈宅有北迁之举，不知事可实否？仪芳读书事，乃儿为终身之谋，前虽函促达泉大哥，彼对儿无正式答复，可怪！

儿：弼时

1921年5月

第六章 ▼▽▼ 红色 信念

信仰坚定的急先锋萧明

留学法国

1916年，袁世凯倒台，被迫流亡海外的蔡元培、吴玉章等人相继回国。回国后，在一次会议上，蔡元培首先发表演讲，他说："我们有大批的华工在法国，要想掌握法国的先进技术，强大我们的祖国，只有用勤工俭学的方式来解决这个问题。"

演讲后，蔡元培等人在国内大张旗鼓地宣传和组织赴法勤工俭学，并成立了华法教育会。这个时期，正值新思想、新文化在国内广泛传播，许多有志青年迫切要求去法国寻求救国之道。

1919年春天，萧明报名参加了育德中学留法班，这个班湖南学生最多，故有"湖南班"之称。这年的冬天，萧明踏上了艰难的赴法勤工俭学之路。

在华法教育会的安排下，萧明、李立三、邓小平等留在巴黎南部的一座小城——蒙达尔纪，这里的文化教育事业非常发达，是勤工俭学生的主要聚集地，一度成为留法学生学习、宣传共产主义学说的中心。1920年10月以后，由于法国经济萧条，失业风潮遍及全国，赴法勤工俭学学生陷入了求工不得、欲学不能、生活无靠的困

位于新田县枧头镇上富村的萧明故居

境，从而迫使他们同中法当局进行了英勇的斗争。1921年2月28日，萧明、李立三、邓小平等留法学生向中国驻法公使馆发起了一场争取"生存权""求学权"的斗争。这次斗争虽遭到法国警察的阻拦没能达到预期的目的，但引起法国政府的重视，答应给勤工俭学生继续发放每人每月150法郎的生活维持费，这就是著名的"二八"运动。

"二八"运动后的1921年夏，中国北洋军阀政府向法国政府秘密借款五亿法郎，用于买军火打内战。条件是用滇渝铁路的建筑权和全国印花税等作抵押。消息泄露后，遭到赴法留学生的强烈反对，在周恩来、赵世炎、李立三、萧明等人的领导下，又掀起了一场反对中法秘密借款的斗争，这就是有名的"拒款斗争"。拒款斗争的胜利，妨碍了法国的远东利益，法国政府决定于1921年9月15日起停发留法勤工俭学生生活维持费，企图置勤工俭学生于死地。然而，经过两次斗争考验的赴法勤工俭学生们，斗志更加坚定，他们联合起来，在赵世炎、蔡和森、李立三、陈毅、萧明等人的领导下，掀起了进占里昂大学的斗争。

法国政府以此为借口，把留法学生囚禁在兵营，没收了他们的居留证。可是，中国反动政府勾结法国帝国主义不但不保护他们，反而同意法国政府遣送他们回国的决定，就这样，萧明与蔡和森、李立三、陈毅等104名留法勤工俭学生于同年10月14日被法国警察强行送上法国邮轮"宝勒加"号，踏上东归祖国的航程。

工运先锋

1921年初冬，回到北京后的萧明在李启汉的引荐下，见到了李大钊、邓中夏、陈为人等北方党组织的领导人，并由邓中夏、陈为人介绍加入了中国共产党，担任中国劳动组合书记部北方区分部的一些工作。为了积极普及宣传马克思主义思想，发动工人运动，开展革命斗争，萧明在陈为人的领导下，参与编辑《工作周报》。

在李大钊的推荐下，萧明进入中法大学以读书作掩护，积极发动建立学校党组织的工作。1922年下半年，在李大钊、邓中夏、陈为人等支持下，经过萧明的不懈努力，中法大学中共陆漠克学院支部成立。这是北京海淀区第一个共产党支部，萧明出任书记兼学生会主席。

1923年冬天，萧明在中法大学陆漠克学院党支部发展了陈毅等3人入党。在中法大学党支部的影响下，北京高校相继建立的党支部如雨后春笋般地涌现出来，为马列主义在知识分子中的普及奠定了基础。

萧明在参与建立学校党组织工作的同时，还积极参与发动工农运动。北京共产主义小组成立后的1922年2月，萧明跟随邓中夏、陈为人多次去长辛店参与组织纠察队、调查团、讲演团等各种工人活动。8月23日，萧明陪同中国劳动组合书记部书记邓中夏等来到长辛店，召集工人代表开会，会议决定全面罢工。在邓中夏的安排下，萧明积极领导和组织工人大罢工运动。

8月24日上午，萧明率领3000多工人手持白旗，上书"不得食不如死""打破资本专制""不达目的不止"等字样的标语，拉开总罢工的序幕。大罢工在郑州、京绥、京奉、正太等铁路工人的声援和支持下，长辛店罢工取得了最终胜利。

共和国阅兵副总指挥

1949年9月27日，中国人民政治协商会议第一届全体会议决议，中华人民共和国首都定于北平，北平改名北京。

为了向全世界郑重宣告中华人民共和国中央人民政府成立，庆祝这个劳动人民当家作主的新政权的诞生，中共中央拟于1949年10月1日，在首都北京隆重举行开国大典。

中共中央对开国大典的筹备工作十分重视，成立了开国大典筹备委员会，周恩来任主任，彭真、林伯渠、聂荣臻、李维汉任副主任。

为保证阅兵式有条不紊地顺利进行，中央决定设立阅兵指挥机构，时任北京市总工会筹备委员会主任萧明被委以重任，担任阅兵副总指挥一职，总指挥则由时任华北军区司令员的聂荣臻担任，担任副总指挥的还有杨成武、唐延杰、唐永健、刘仁、肖松等。正副总指挥下设阅兵指挥所，从华北军区和平津卫戍区以及有关军兵种抽调人员到指挥所工作。

　　开国大典将要举行的阅兵式，是人民解放军成立以来的第一次，对正副总指挥和全军都是一个新课题和新考验。为展示出这支走过22年光辉战斗历程部队的精神风貌，萧明与同事们废寝忘食、夜以继日地为阅兵活动忙碌着，参与讨论方案、开展讲座培训、指挥排练、组织选拔职工、天安门广场的整修等众多事务，连续几个月都战斗在第一线。

　　当阅兵式定在天安门时，萧明带领人员投入到天安门广场的大扫除之中。堆积多年的垃圾山被卡车拉走，天安门广场四周屋顶上的杂草一律拔除，破损的青石路面全部修补，斑驳的红色宫墙重新粉刷。萧明责成北京建设局在广场正中竖起一根22米高的铁管，方圆3米的钢筋混凝土墩，用以支撑起高高的铁管。工人师傅仔细地把铁管的缝隙用烧焊箍紧，然后用白漆油饰一新，滑轮及钢丝绳也都安装到位，新中国第一面国旗将在这里升起。用什么方式升旗，成了萧明颇费斟酌的事情。他清楚，人民共和国的第一面国旗如果由它的主要缔造者毛泽东亲手升起，当然最好不过。可是，主席不可能大老远从天安门城楼下来走到广场中央，一下一下拉着绳子升旗。怎么办呢？萧明和唐永键共同想出了电动升旗的点子。

　　这个办法好是好，可电动升旗在中国是个新鲜事，谁也没干过。好不容易找到一个电力工程师，工程师答应试试看。经过紧张的研制，电动升旗的问题得到彻底解决。

为显示阅兵式的威武雄壮，萧明四处"拜师学艺"。在中央军委的指导下，萧明和同志们很快拿出了《阅兵典礼方案》，获得中央军委审批和毛泽东等中央领导同志的批示。毛泽东在批示中强调："开国第一次阅兵，一定要搞好。"

按阅兵方案要求，开国大典的受阅部队官兵总数为1.64万人，7月底，艰苦的阅兵训练正式在北平郊区等地同时展开。

9月30日午夜，受阅部队开始入城集结。10月1日在天安门广场举行的开国大典，标志着伟大的中国革命的胜利，新的人民共和国的诞生。

这一天，天安门城楼上悬挂着八盏宫灯，八面巨大的红旗迎风飘扬，使古老的城楼焕发出迷人的青春。

下午3时，"中华人民共和国中央人民政府成立庆祝大会"正式开始。广场上军乐队奏起了国歌，《义勇军进行曲》响彻云霄。毛泽东按动电钮，升起了第一面国旗——五星红旗。与此同时，鸣礼炮二十八响。接着，毛泽东以他那浓重的湖南口音，向全世界庄严宣布："中华人民共和国中央人民政府今天成立了！"

民办大学第一人乐天宇

巨款前的迷惘

乐天宇80岁这年，在党组织的关心下，重新恢复了一级教授的待遇，补发了五万多元工资。五万元在当时是一笔巨款，乐天宇惊呆了，竟然有些无所适从。他一生简朴，吃惯了粗茶淡饭，怎么解决这笔天大的巨款，乐天宇迷惘了。

乐天宇在巨款前迷惘，但在迷惘后，随即清醒。

他想起1916年，自己刚满16岁，考上了长沙市立第一中学。他穿着一袭青布衣辞别父母时，父亲乐瀚叮嘱他：好男儿志在四方，不论走到天涯海角，切莫忘记麻池塘，莫忘九疑山。乐家祖祖辈辈生活在九疑山下，乐家人就是山下的一株草，草离开土壤就会死。鸟要归巢，落叶要归根，千万不要忘记你的根在九疑山！

乐天宇一辈子没有忘记过九疑山。当他再次思考怎么把这笔巨款花在刀刃上时，他决定回到生他养他的九疑山。

1980年冬天，乐天宇带着侄儿乐桂生回到九疑山。在数天的调查中，乐天宇摸清了九疑山区乃至宁远贫困的根子，他根据"病根"对症下药，开出了一剂良方。他认为，一是知识贫乏是贫困的病因，必须尽快建立一所专业性学校，解决知识贫乏的问题；二是宁远人文历史丰厚，名胜古迹众多，自然景观比比皆是，适合旅游开发；三是皇五帝之一的舜帝葬于九疑山中，要想发展旅游，必须加快开发舜庙，吸引海内外游客参观。他把想法与宁远县领导作了交流，获得了宁远县极大的支持，县里决定把破旧不堪的舜庙交给乐天宇办学校。

乐天宇要办学校，校名称作"九疑山学院"。消息一传开，立即吸引了众多的高考落榜青年前来继续求学，九疑山学院也就成为一张学知识、学本领的金字名片。

到九疑山学院第一个报名的是鲁观公社一个叫作李群英的女孩子。李群英学习成绩优异，在参加高考时，因临场发挥不佳而名落

九疑山学院乐天宇铜像

孙山。一心想跳出农门的李群英急得直哭。当九疑中学校长李续葵告诉他乐天宇正在办补习学校时，她带了几件换洗的衣服，连奔带跑地来到九疑山学院。

乐天宇接见了她，通过交流，决定录取她。李群英听了，高兴得跳起来。

原计划招生30个人，不到一个礼拜，竟然来了百多个。乐天宇心里既高兴又发愁。他愁的是学校只有一栋小木楼，而学生又来自四面八方，怎么解决学生吃住，成为首要问题。

这时，乐天宇想到一个人，一个叫作彭学锡家住九疑山腹地的瑶族人。1962年，乐天宇带领科学考察小组来到九疑山，在三分石认识了彭学锡。于是，他让侄儿乐振林去三分石下找瑶牯佬来帮忙。

彭学锡称乐天宇为老头，既是尊称，也是敬仰，得知乐天宇回家乡办学，就火速赶到学院来做手工。他做的小板凳、小桌子很结实，受到乐天宇的表扬。后来，乐天宇又要他做床铺、桌子、椅子和课桌。做这些东西需要大量的木材，彭学锡就到村里找人要，县里也派人前来增援。老百姓自发带着工具到舜庙修复东倒西歪的木楼，清早来，天黑回，吃的是自己家带来的粮食。木楼修好了，乐天宇把女学员安排在楼上，自己住在楼梯边的头一间，用他自己的话说，这叫安全保卫工作。

"不要讲排场"

1981年9月，九疑山学院正式开学。李续葵校长建议乐天宇举行一个声势浩大的开学典礼，邀请区、县领导和新闻媒体前来参加。

乐天宇摇摇手说："山里人做山里的事，一切从简。我们口袋羞涩，没有两个钱，这些排场就不讲究了。靠新闻媒体造声势，不如花功夫教好学生，让他们学好本事走出去，这是最好的造势。如果有人提出要来，请你全部挡驾。人家来了，我们要接洽，花费时间不说，还要耽误学生的上课，得不偿失。"

李续葵还想继续说，乐天宇摆摆手说："我们的开学典礼要有意义，不搞花样，第一堂课就由我来讲。"

开学的当天，百多名学生带着小板凳自觉地按高矮顺序坐在舜帝陵午门遗址前。乐天宇佝偻着身子站着，一字一句扣人心弦："九疑山学院今天开学了，我们办学的原则是：自费求学，不包分配，打破铁饭碗。希望同学们努力学习，自学成才。想学本事的，我乐天宇随时欢迎。如果为要一张文凭而来，请明天离开九疑山学院。我们的校训是'贵自学、敦品德、勤琢磨、爱劳动'。大家说，好不好？"

听到学生们叫好声，乐天宇微笑着表扬道："我相信你们是九疑山学院，最吃得苦、霸得蛮的优秀学生。现在，正式上课。"

"板凳大学"

九疑山学院开学没多久，经费捉襟见肘，教职工每月的五元工资也经常不能兑现。乐天宇歉意地对教职员工说："翰林、桂生啊，这个月的工资不能发给你们了，请你们理解。"

有人提出增加学杂费，乐天宇坚决不同意，还时常给贫困学生免费。

乐翰林见了，着急地问："这些贫困生都调查过没有啊？长期实行免费，这样下去，学校怎么运转？"

听了这话，想不到一向温和的乐天宇火了，他批评道："要相信我们的学生，如果连自己的学生都不相信，还当什么老师？！"

由于条件限制，一些学员吃不了苦，就不辞而别，乐天宇从不勉强和挽留，他的办学方针是"寓教于民，大浪淘沙；来者不拒，去者不留"。

九疑山学院，学员多地方小，新来的学生分别住到农民家里。乐天宇时刻牵挂着学生的安全，每到周末，他就到村民家中看望学生，嘘寒问暖。谁衣服穿得暖不暖和，饭吃得饱不饱，他心里都有本账。

瑶族学生苏田月从家里带来的被子很单薄，乐天宇就自掏腰包给她买来蚊帐、被子。

乐天宇带领一帮人创办九疑山学院简陋得不能再简陋，几间破庙，经过简易修缮，变成了学院的办公室、教室和寝室。教室不够，在操场和空地上，支起一块黑板就上课。上课没有课桌板凳，同学们就自带一张小板凳、一本讲义夹，室内室外都成了课堂。学生没有寝室，就借用当地学校的教室，用木桩、木板钉成大通铺，几十个人挤在一起。晚自习没有电灯，同学们就自己买来煤油灯，在灯光昏暗、蚊虫叮咬的陪伴下，挑灯夜读。由此，"板凳大学""油灯大学"等，就成了九疑山学院的代名词。

春蚕到死丝方尽

乐天宇注重学生品德、人格修养。他不但给学生上遗传学、进化论等专业课，还主讲"修身"课。他把自己在长沙求学时的老师杨昌济先生写的《达化斋日记》刻成油印本，人手一份。

1982年，湖南省教育厅负责人到九疑山学院考察，得知学校办学的窘境，委婉地向乐天宇提出，可否考虑由省教育厅接办学院。乐天宇沉默良久，说："我回来办学，就是要为国家高等教育探索出一条新的道路。如果交给省教育厅来办，我探索教育的新路子岂不是泡了汤？如果我死了，国家可以接管，也可以解散，那时我已经不知道了。"

省教育厅负责人说："您这里根本谈不上是一所民办大学啊。您看，油毛毡房子做教室，板凳砖头当课桌椅，比集市上杀猪卖肉的地方都不如。"

乐天宇道："我们的学员虽然衣衫褴褛，但是，每个清晨，树林里都会响起琅琅读书声。夜幕下，昏暗的煤油灯旁，人人争分夺秒、勤学苦读的劲头，让我欣慰和骄傲。"

九疑山学院的特色办学模式，不久就声名远扬。《湖南日报》记者首先赶来采访，在显眼位置刊发"九疑山上一香杉"的专题报道。《人民日报》、新华通讯社、《羊城晚报》纷纷报道九疑山学院的办学精神。

1982年下学期，乐天宇决定扩建学院，他说："山里有取之不尽的沙石、木料，缺少红砖我们自己烧。我们还有一样宝贝，就是延安精神！"

在乐天宇的带领下，全校师生分成砌工组、钢筋工组、木工组，还买来一头老水牛拌泥打砖。乐天宇已是耄耋之年，负责割草喂牛。每天天刚放亮，乐天宇挑着箩筐，到山脚下的小河边割草。师生们积极性很高，拌泥打砖，挑煤烧砖都不觉得苦。

1984年7月5日，教学楼二层完工。乐天宇非常高兴，计划由学校发点补贴，按照自愿的原则留下一部分学生在暑假把三楼建好。

这天晚上，乐天宇坐在煤油灯旁展开稿纸准备写一份暑假期间的工作安排，也想写封信给远在北京的好友萧克将军，讲一讲九疑山办学的愿景。长期艰苦的生活和超负荷的工作摧残了乐天宇的身体，就在他准备提笔写字时，突患脑出血，倒在简陋的卧室。

当时，正好一个学员路过，看见乐天宇歪斜着窝在藤椅里，马上跑到办公室找到乐桂生。乐桂生一听，忙不迭地跑过来。由于发病是在晚上，找不到车子送往县城，只好找来乡村的医生对付一个晚上。第二天清早送到县人民医院，医生诊断是脑出血，病情令所有人大吃一惊。在抢救10天后，乐天宇走完了他光辉的一生。

吴冠中情系张家界

张家界，位于武陵山脉腹地。原名大庸市，因张家界森林公园成为国内外知名旅游景区，1994年4月更名为张家界市。

张家界风景秀丽，是中国最重要的旅游城市之一。20世纪七八十年代的张家界仅仅是大庸市的一个林场，很少有人知道她的存在。然而，这颗失落在大湘西深山中的明珠日后成为世界旅游名片，却与著名画家吴冠中有一段不了的情缘。

吴冠中在中国的美术界被称作是一位"通古变今，成中西之美"的艺术家，他是20世纪现代中国绘画的代表画家之一。他孜孜不倦地探索东西方美术绘画两种艺术语言的不同观念，脚踏实地地践行着"油画民族化""中国画现代化"的创作理念，在执着的艺术追求高峰上，形成了鲜明、独特的艺术特色，用作品表述一个画家"在祖国、在故乡、在家园、在自己心底"的真情实感，表达了民族和大众的审美需求。

1979年，无论是对吴冠中，还是张家界，都是一个意义非凡的年份。在这一年，时任湖南省委书记毛致用在深入考察张家界后提出："张家界的自然风光可以对外开放，发展旅游。"同时，一位摄影家在香港举办了张家界自然风光摄影展，当吴冠中通过媒体看见

张家界金鞭溪门口的吴冠中铜像

张家界的摄影时，就被那迭起的地貌、陡起的峰峦、叠翠的绿树所吸引，萌生了要去张家界写生的念头。

俗话说，天遂人愿。

就在吴冠中策划前往湖南张家界的时候，这年10月，湖南省委来函，邀请他来湖南为人民大会堂湖南厅绘制巨幅油画《韶山》。

绘制完成后，省委接待处同他商量报酬，他一口拒绝道："我应邀而来不是为了钱，钱乃身外之物。我想去贵省的张家界探寻风景名胜，如果方便的话，可以派一辆车给我使用。"接待处的同志一听，当即表态说："张家界路途遥远，路面坑坑洼洼，小轿车不好行驶，我们派一辆吉普车给您使用，并派两个画家陈汉青和邓平祥陪您。"

吴冠中听后，表示感谢。

第二天清晨，吴冠中按约定的时间起床，这时画家陈汉青和邓平祥都已经坐在吉普车里等候他了。大家握手自我介绍后就出发张家界。一路上，吴冠中不断地在脑海里勾勒张家界的模样。

车在盘旋公路上舞蹈似的摇摆，也摇摆出了吴冠中急于一睹"芳容"的迫切心情。

吉普车从两岔、马公亭越过后，坡度越来越高，山势越来越陡峭，当车从一个急拐弯处跳动着奔驰而过，驶入一处平地时，突然峰回路转，四周林莽苍翠，奇峰兀立，千岩竞秀，万壑争流。那参差不齐、奇形怪状的石峰，仿佛平地涌起，天外飞来。绿苔遮其壁，草木生其间。巨大的古松，或斜或直，嵌生于石壁中。石峰间，雾气弥漫，在阳光透视下，石峰若隐若现，恍若海上仙山，立体似的奇山异色就像才拉开的帷幕出现在眼前，豁然开朗。吴冠中被突如其来的景致所震撼，也表现出了少有的冲动，走下车，从内心发出感叹："这真是养在深山人未识的世外桃源！"

他孩子般贪婪地观望着这神奇的山，脚也不想挪动。陈汉青介绍说："美景还在前面。"吴冠中边看边上车，坐在车上嘴里还不停地说："桂林的山无法与这里的山相媲美，这里的山奇特，充满了灵性和野趣。"

吴冠中完全被张家界奇异幽深的世界所吸引和打动，在他的眼帘之外，绵延的奇峰云雾缭绕，高耸的怪石令人浮想联翩，云雾紧锁的幽洞和飞坠的流泉，美轮美奂让人爱恋难舍。吴冠中的足迹踏遍了祖国的山山水水，游历了华夏的名山大川，可他从来没有见过如此梦幻般的神奇山水世界。他由衷地感叹道："中国山水第一，非张家界莫属！"

吴冠中是一位美的欣赏者，他凭借自己对自然美的感受，敏锐地认识到了张家界独特的审美价值，决定在这里认真走一走、看一看。

他对陈汉青说："我要在这里待上几天，认认真真地阅读这神奇的山水美。"

进山的路越来越狭窄，根本不能通行，这位又黑又瘦的老人背着行囊，在当地伐木工人的带领下，越过一山又一水，用自己特殊的视角和发现美的眼睛，以敬畏之心，独具匠心地将美推送给世人。

"山不在高，有仙则灵。"

吴冠中所走过的山，在他看来，都有神仙在此仙居。当他的脚步迈上"云深不知处"的大山深处，这些诗情画意的山水立体般朝他涌来的时候，我也感觉到浑身的轻松和愉悦。

一步一景一超然。

吴冠中说："张家界是'养在深山人未识'的处子，我相信，在不久的将来，它一定会脱颖而出，成为中国最大的旅游胜地。"他有预见性地说："这里将来会有飞机场，也会有培养人才的大学。"

张家界确实是一幅美不胜收的山水长卷，它集天下名山之大成，最终成为世界上独一无二的山水奇书，让每一个来此的旅游者心旷神怡。

陶醉于这如诗如画、如梦如幻的美景中的吴冠中深感不虚此行，他为自己能够发现张家界的奇异山水而感到兴奋和骄傲。

在伐木工的工棚里，他借来擀面用的案板，展开宣纸，创作第一幅张家界油画，他要用自己的所见所闻，将这神秘的山水和缤纷斑斓的色彩展示给人们。

美好的景象需要神来之笔，吴冠中在创作色彩时，运用了他最擅长的彩墨技法，先勾出山体的大轮廓，然后横涂竖抹，纸上不一会儿就出现了耸立的奇峰、苍翠的松柏、高悬的瀑布、潺潺的溪流、浮动的烟岚。吴冠中一遍一遍地加工，用了三天时间，创作出两米多长的《马鬃岭》和一米见方的《张家界》。

因为时间安排较紧，吴冠中在张家界住了13个晚上，画了13个白天。在离开前一天的晚饭之后，吴冠中同邓平祥在山间林荫小道散步，他很动情地说："我要为张家界写一篇散文游记，名字就起唐诗'养在深闺人未识'，今晚就写。"这就是后来让张家界一举成名的游记散文《养在深闺人未识——一颗失落的风景明珠》。

回到长沙后，吴冠中立即给省美协秘书长王金星打电话，要他立即赶来见面。王金星一走进吴冠中的房间，吴冠中就问："王金星，你去过张家界没有？"王金星说："没有。"吴冠中说："作为湖南美协的秘书长，你失职了。"

吴冠中一边拿出他写的游记散文《养在深闺人未识——一颗失落的风景明珠》给王金星看，一边说："王金星，你一定要带领湖南省的画家去张家界画画。"王金星边看散文边答应一定照办。

当天晚上，王金星将《养在深闺人未识——一颗失落的风景明珠》推荐给《湖南日报》美术编辑谢鼎玉，刊登在1980年元旦的《湖南日报》头版。不久，《人民日报》《人民画报》《文汇报》等报刊相继转载了此文。随着吴冠中的《养在深闺人未识——一颗失落的风景明珠》的传播，张家界也一步步走出深闺，走向世界！

李俭珠的故乡情

茶陵县，是一片红色的土地，翻开中国共产党百年来激荡岁月的红色篇章，您就会发现，茶陵这个名字总在耳际响起，荡起一阵阵惊雷般的绝响。

在20世纪70年代初期，一个战功卓绝、浑身是伤的红色战士，谢绝党组织的优越的安排，不顾年事已高，毅然而然地回到阔别经年的故乡，带领乡亲们自力更生、艰苦奋斗，改变茶陵县跳水村

1976年7月10日，李俭珠将军回到茶陵察看灾情

贫穷落后的面貌，三年时间的苦战，跳水村年产值就达到了三万多元，演绎出一曲军民鱼水情的佳话。

1970年10月4日，经党组织批准，卸任广西军区第二政委的李

俭珠将军风尘仆仆地回到家乡茶陵县珧水村。

走进村庄，李俭珠原本满面笑容的国字脸就变得凝重起来。在他的眼帘之外，昔日的青山变成了癞子山，水稻田荒草萋萋，进村的路可以用"晴天一身灰，雨天一身泥"来形容。当他得知水田粮食亩产不足600斤，社员用粮不够300斤，全村每年吃国家返销粮达12万多斤，还要向周边村借粮和买黑市粮时，他流出了眼泪。他清楚，当初自己和村里志同道合的伙伴投奔革命队伍，就是为了跟着共产党打天下，让普天下的老百姓有饭吃、有衣穿，过上幸福生活。现在，解放几十年了，父老乡亲依然过着半温半饱的日子，他的心里泛起隐隐的痛楚。

回到家中，一放下行李，李俭珠就四处串门做调研，倾听不同意见，然后召开村民座谈会，听取和了解生产情况、社会情况，并不断询问村民的生活、思想情况。有个叫李四来的老人说了两句顺口溜，引起了李俭珠的重视，老人哼道："茫茫珧水洲，遍地是沙丘；水来一片白，风沙吹石头。""春天山洪尽石头，夏日用水贵如油；秋收禾苞手指大，冬季水落白沙洲。"这两首顺口溜真实地道出了珧水村贫穷的缘由。自小在这里长大的李俭珠也知道，只要天一下雨，珧水村就会涨水，一旦涨水，田土里的庄稼就会被冲毁，导致颗粒无收。晴天时间稍长，田地里的农作物就会被干死，整个珧水村旱涝保收面积只占总面积的40%。

李俭珠做了情况分析后，在会上强调，要想改变珧水村现在的尴尬局面，就必须从根本上解决珧水村农业生产的条件，坚持以治水为主，结合造田、改土、开山，实行水、田、土、山、林、路的综合治理。全村青壮年劳力要发扬愚公移山的精神，全部加入推进农业和农田的基本建设中来。

李俭珠要做的第一件事，就是在潭下洲修筑一条防水横堤和一条水渠，这是从根本上解决挑水村有雨就涨、无雨久旱困局的高招。他从茶陵县水利部门请来专家勘测、绘图、设计，拿出具体施工方案后，他当众拿出长期省吃俭用节约下来的2000元津贴费交给村党支部做工程费用，并要求把钱用在刀刃上，严格收支两条线，管好这笔钱。接着，李俭珠换上布衣，穿上草鞋投入到紧锣密鼓的施工现场中。

在施工中，有些村民吃不了苦，就去邻村找活干；有些村干部思想和精力不集中，他们认为，挑水村有雨成灾，无雨天旱，祖祖辈辈窝在这个地方靠天吃饭，自古以来就没有人能够改变这个现实。你一个离休的老头子搞不来钱，靠一张嘴和两个肩膀就能够把挑水村翻过来？鬼信！

针对这种状况，李俭珠逐个登门拜访做工作，说服干部村民不要存在依赖思想，不要依靠上级和外援，要用自己的肩膀和手脚，在劳动中解决挑水村的粮食和生活问题。

挑水村穷，穷得没有施工工具，李俭珠请来铁匠加工铁棍、铁锹、锄头等；请木工赶制板车、鸡公车等；联系本村篾匠编织畚箕、背篓、箩筐等。购买水泥需要大量资金，他就发动青壮年劳力上山砍柴、打石头、烧石灰，利用有限的资金购买了少量的水泥和必需器材。

经过四个月的苦干实干，在没有任何外援的情况下，李俭珠凭借一己之力，带领村民完成了水横堤和水渠的修建，解决了当年新改造的30亩水田的引水灌溉问题。在村民的建议下，李俭珠从茶陵县种子公司买来早稻种子育种，抢抓时机在新改造的水田里种上早稻。这一年，洮水村的粮食获得增产，村民收入也得到了增加，在李俭珠的领导下，洮水村农田基本建设实现了开局即胜的大好形势。

干部群众得到了益处，内心也受到了鼓舞，全村出工积极性空前活跃。在吸取经验的基础上，李俭珠带动周边的村民又开始投入到紧张的团结渠、水力发电、改洲造田和村企业农副产品深加工的工作中，在自力更生、艰苦奋斗的路上，写出了一个时代军人艰苦创业的新篇章。

第七章　红色新篇

南有新田美名扬

新田，位于湖南省南部，是一个多山少田缺水，饥荒不断的贫困县。当地民谣道：新田穷新田苦，干死蛤蟆饿死鼠。

20世纪60年代中期，农业学大寨运动在全国逐步掀起。县革委会主任王立山决心甩掉贫穷落后的穷根子，发动和号召全县人民自力更生艰苦奋斗，将荒山辟为良田，大力发展农业生产，第二年，自给自足，还超额完成粮食征收任务。新田县的脱贫经验获得湖南省委的表扬，同时，在新田县召开了湖南省农业学大寨经验现场交流会，会议向全省发出"学新田、学安乡、学蔡家岗，建设社会主义新农村"的号召。

王震，当年的红六军团政委，1934年8月20日率领红六军团西征到达新田小源村，在这里，他和任弼时、萧克召开了著名的小源会议，对新田留下了深刻的印象。1969年8月2日，王震以周恩来联络员身份到零陵地区视察工作，他对零陵地委秘书长朱静轩说："湖南省委向全省发出'学新田、学安乡、学蔡家岗，建设社会主义新农村'的号召，新田由贫困县走上富裕的道路值得推广。明天，我们去新田看看，你安排一下行程。"

王立山接到朱静轩的电话后，第二天一大早就在办公室等候，

小源会议旧址

上午九点半，不大的办公室就挤满了各部门的负责人。眼看就要十点了，一个负责人调侃地说："王老估计上午来不了，从零陵到新田的路坑坑洼洼，大家还是下午再来吧。"

另一个人抽着旱烟，吐出一口烟说："火车都晚点，更别说汽车了。大家还是散伙回到各自的工作岗位上去。"

在众人的议论中，王立山正要摇通零陵地委办电话询问的时候，电话声急促响起。王立山一把抓起，电话那头传来示范繁殖农场党支部书记彭茂城的紧张的声音："王书记，王震部长从滴水岭直接到了我们农场，您还不快来陪同？"

王立山根本不相信自己的耳朵："你给我再说一次！"

"王震部长八点到了我们农场，他不准我们打电话给县委。现在，我是借故出来给您打电话汇报的。"彭茂城一字一句说完，挂了电话。王立山怔了半晌才反应过来，喊了句："备车。凌作云、谢文峰跟我去繁殖农场。"到了这时，所有人才晓得，六十多岁的王震将军起早贪黑在吉普车上颠簸了四个多小时，在八点前就到了农场。

夏日的风吹过原野，生机勃勃的晚稻在风中尽情地舞蹈。一个满头银发、身穿白色对襟唐装的高瘦老头俯身抚摸着碧绿的禾苗，在自言自语中露出开心的笑容。他对一溜小跑赶来的彭茂城说："我这次来，主要是想看看你们农场的生产情况，该讲的，你全部讲出来，不要有任何隐瞒。"

陪同前来的朱静轩说："王老年事已高，天气又热，我建议先去场部汇报吧。"

王震摇摇手，爽朗地笑着说："老百姓都在做农活，我们没有理由在办公室工作，在田间地头现场办公，才是真正地为人民服务。"王震边行走在田埂上，边敞开上衣转头对彭茂城道："直接说说今年抓生产的重点吧。"

"新田县示范繁殖农场今年重点抓'农垦58'的试验和扩种。"他谦恭地问："据说，这个优质品种还是您老人家从日本搞回来的？"

王震平和地答非所问："'农垦58'在日本是最高产的品种，平均亩产高达上千斤，产谷出米率在80%左右。你们目前试种的情况怎么样？"

彭茂城汇报道："新田县气候与日本不同，土壤土质有所改变，在栽培技术上存在一定的差异性。我们与氮肥厂实现合作，在肥料上满足了'农垦58'所需营养成分的要求，平均亩产不低于800斤，最高的亩产达千斤。去年有好几亩达到千斤以上。"

王震听后，满意地点着头，欣慰地说："你们试种能够搞到这个样子，非常不错了，这是一个了不起的成就。"

彭茂城接过话题道："从现在栽培的晚稻看，完全能够超过早稻的产量。根据经验，我认为，种粮食就是要高产。"

"如何做到高产？你们有什么办法？"王震颇有兴趣地面对彭茂城问道。

"在时间上，必须抓住'三个一'，插完早稻过'五一'，插完晚稻过'八一'，播完草籽过'十一'。插秧时要保证株数的成活率，增加基本苗，提高有效分蘖数，每亩'农垦58'早插插苗二万到二万五千蔸，迟插三万蔸，立秋后必须插苗三万五千蔸。我们农场实际耕地600亩，其中，水田500亩，晚稻插了480亩。"彭茂城如数家珍般地汇报着。

王震鼓励道："人是铁，饭是钢，你们抓好粮食生产，就抓住了重点。现在，你讲讲经济作物的生产情况。"

在他们一问一答的档口，王立山等人驱车赶来，这时，气温在逐渐升高，王立山对王震说："王老，到办公室去吧，这里热。"

王震摇摇手道："我喜欢这样的环境。"然后对彭茂城说："请继续我们的谈话。"

彭茂城也顾不得许多，详细地汇报："前几年，我们农场主要以种棉花为主，亩产虽然上百斤，但是，经济效益并不高。这两年，我们不种棉花，引进了良种无籽西瓜。普通西瓜市场价格三分钱，而无籽西瓜通过外贸出口每斤能够卖到一毛钱。我们农场种了40亩西瓜，收入可达二万元，外贸局还奖励尿素10吨，所以，我们种西瓜算是赚了大钱。"

王震竖起拇指夸奖道："你们做得很好哇，发展多种经营的路子选对了，立下了头功！"接着，和蔼地又问："还搞了哪些项目？"

彭茂城掰开指头数道："农场饲养了瘦型猪，每年可出栏300头，收入达五万元以上，除去成本，盈利不少，同时，外贸局还给予尿素奖励，经济价值可观。修建水塘发展养鱼，加大力度培养技术员，外贸的鱼苗不再从洪湖购买，农场孵化的鱼苗可供全县和周边各县部分社队的需求。培育出来的武昌鱼，在市场上供不应求。今天中午，我们就吃武昌鱼。"

快到一点了，王立山再次恳求说："王老，天气炎热，该回办公室午餐和休息了。"

王震精神格外旺盛，兴致勃勃，不顾火热的太阳坚持视察。

不知不觉，时间已经到了下午5点，眼看太阳就要落山了。在农场视察了8个小时的王震同志就要离开场部到新田县城去了，临出发前，他语重心长地对彭茂城说："贯彻'以粮为纲，全面发展'的方针，你们创出了一条正确的路子，取得了客观的成绩，你们的经验要推广到全县全省。如果全国所有的农场、生产队都能像你们农场这个样子，我这个农垦部长每天晚上就可以睡个安稳觉了！"

回过头来，他又对王立山等人说："要把生产搞上去，就要掌握科学种田的方法。要勇于实践，善于实践，一切从实际出发，因地制宜。"在返回北京途中，王震到长沙后又向省革委会主要负责人推介新田抓革命、促生产和科学种田的经验。不久，湖南省"抓革命、促生产"工作会议和湖南省农业科学技术工作会议相继在新田召开，省革委会提出"学习新田县，建设新湖南"，《湖南日报》发表《思想大革命、生产大跃进——新田县革命人民开展学大寨运动的伟大

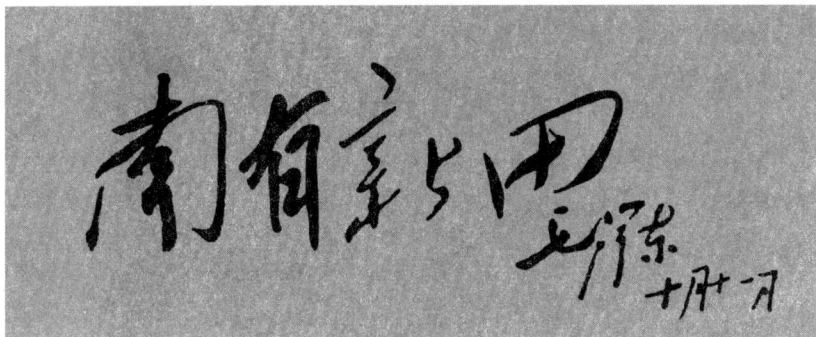

毛主席"南有新田"题辞

成就》的专文，对新田的农业学大寨运动给予高度评价。

　　1969年11月，毛泽东主席由汪东兴陪同到湖南考察。11月12日，毛泽东主席在省委九所6号楼听取湖南省委主要领导人关于湖南形势、农业生产等工作汇报，当听到湖南开展"学新田、学安乡，建设社会主义新农村"的活动汇报时，欣慰地点头说："你们南有新田，北有安乡，路子走对了，各地搞自己的大寨，这就很好。"说完，挥笔写下了"南有新田"四个刚劲有力的大字。自此，"南有新田"的美誉，使新田这个昔日素有"穷窝窝"之称的地方一夜成名，成为当年三湘大地上"农业学大寨"的一面旗帜，也激励着一代又一代新田人在改变新田、发展新田的道路上自强不息、奋勇争先。

隐藏在深山里的军工厂

这是一个山高林密、沟谷幽深、人迹罕至的地方。

这是一段激情燃烧的岁月，燃烧着历史的天空。

这是新中国兵器工业重地，烙印着国防三线建设兵工事业曾经的辉煌。

山是屏障，洞是厂房，一个时代的"三线精神"，给人留下的是难以磨灭的红色记忆。

这座山，当地人称之为"威虎山"。威虎山下隐藏的兵工厂，军工代号为9625厂。当年，为掩人耳目，对外美其名曰湖南省南岭化工厂。56年来，深深地隐蔽于群山环抱、怪石嶙峋的密林深处，与世隔绝，鲜为人知……

1965年4月的一天，湖南省国防科工办负责人接到省委办公厅电话通知：按照党中央、毛主席的战略部署，落实"分散、隐蔽、靠山、进洞"的八字方针，为加强战备需要，省委要求你们派出部分人前往零陵县筹建一个小型的烈性炸药厂，时间紧迫。请你们接通知后，马上派人与零陵县取得联系，选好地址，尽快开工。

军情如山倒！

省国防科工办负责人马上找来化工专家赵云和说："老赵，为了防止苏修搞突然袭击，省委下达命令，要我们筹建一个专门生产烈性炸药的军工厂，你是这方面的技术专家。"他握住赵云和的手补充道："省委将地址初步选定在零陵县，你持介绍信明天就出发零陵。越快越好地完成选址任务。"

因为任务是秘密的，赵云和接受任务后，仅告诉家人临时出差，便马不停蹄地从长沙乘火车到冷水滩，再挤公共汽车到了零陵县委大院，县委副书记范良接待了他。

范良是山西霍县人，南下干部。他开门见山地说："零陵城东有座金牛岭，属于喀斯特地貌。山上多洞，适合搞军工建设。"

赵云和一听，放下水杯道："如果没有多远，我想现在实地看看。"

范良调来一辆吉普车，陪着赵云和风驰电掣般地向城东驰去。

金牛岭，位于零陵县菱角塘乡，距离城区不足5公里。当车在金牛岭停下来后，赵云和爬上海拔大约100米的山顶，向四周看看，然后对范良说："范书记，金牛岭寸草不生，更没有树林遮挡，山下人来人往，村庄众多，不是修建军工厂的理想之地。"

军人出身的范良也懂得这个道理，略微一想后，他对赵云和说："距离零陵县五十公里外的双牌公社大路口大队有一座鸦山，山势雄伟、峰峦峭拔、林泉深邃、白云缭绕、树木蓊郁，前人有诗曰'他日尧舜功业成，与师高卧白云深'。此地山高林密，外人不易发觉，倘若在这里筹建炸药厂，我建议可以考虑。"

赵云和也被绮丽的诗句所感染，决定马上前往。范良说："你一来就风风火火投入到工作中，水都没有喝一杯。我看，明天再去鸦山实地勘察。"

"饭可以不吃，工作不能停止。我带了一些干粮充饥，先对付一下吧。"说完，赵云和拖着范良上了吉普车，然后，从黄挎包里掏出干粮分给范良和司机。

在闲聊中，一行人不知不觉到了鸦山。

望着深幽的山谷，赵云和连连称赞："好地方，好地方，我们的军工企业就在这里落地开花。"

当天晚上，范良和赵云和又约见了潇水林区管理局党委书记宋长荣。宋长荣是河北玉田人，随军南下，雷厉风行，说一不二。听明来意以后，宋长荣表态说："军工企业落地双牌公社，这是国防事业的需要，也是我们军人的骄傲，我们坚决以积极的态度全力支持！"

获得了宋长荣的支持，在接下来的几天时间里，赵云和孑然一身独自在深山老林中翻山越岭获取了第一手资料。临回长沙前，他对前来送别的宋长荣说："宋书记，关于尽快修建炸药厂的报告我已经写好了，我回去就请领导批示。但是……"

赵云和卖了一个关子，将话说到一半就打住了。

宋长荣对这样的卖关子已是司空见惯，他不温不火地说："有问题尽管提出来，我能够现场拍板的，当场拍板。不能拍板的，开党委会争取支持。"最后，他搂住赵云和的肩膀拜托地说："一回生二回熟，来来往往是朋友。你我都是军人，为了一个共同目标而来的，炸药厂这只煮熟了的鸭子，你不能让它飞了，必须落在我们这里。"

赵云和道："我需要71.9万平方米的使用面积，你能不能给？"

"我的个乖乖，71.9万平方米？"宋长荣一听，惊得目瞪口呆，舌头都伸了出来，半天没有缩回去。

赵云和扳起手指头数道："生产用地、家属房用地、办公用地、学校用地、幼儿园用地……"

宋长荣不想把到嘴的肥肉拱手相让，挥挥手说："一看你就是山西的土老财，拿着算盘就会噼里啪啦算巧账。这块山地交给你们，随你们怎么使用，也算是我们管理局对三线建设最大的支持。"

赵云和听了，喜出望外，赶紧一个标准的敬礼，两双曾经军人的大手紧紧握在一起。

绿色的铁皮列车在原野上奔跑。

赵云和的心也飞到了国防科办王主任办公室。

当赵云和将一大堆采集来的材料放在办公桌上时，王主任笑了，握住他的手连连说道："我就知道，只有你赵云和才能决胜千里，独当一面。"

当看完筹建炸药厂的报告后，王主任眉头皱成山峦，然后用商量的口气问："难道我们这个工厂只能叫湖南炸药厂？不能改成其他名字？"

赵云和站起来说："我一直在想这个问题，如果叫湖南炸药厂，势必引起敌特的注意，也容易引起不必要的麻烦。既然是军工企业，对内使用军工代码，对外要挂一个普通的牌子作掩护。"他指着自己拍摄的照片说："双牌，地处湖南南部，南岭山脉雄峙东北部，地居险要、山川雄奇，我看是否可以对外叫'湖南省南岭化工厂'？"

"南岭化工厂？"王主任双掌一击，连声叫好道："好！好！好！就叫湖南省南岭化工厂，你立即正式打报告给湖南省委战备办，请求马上拨款筹建化工厂。"

赵云和虽然暂时卸下了肩上的担子，但是，他有种强烈的预感，等着自己的千斤重担还在后面。

果不其然，不到一个月的时间，王主任再次电话约他到办公室面谈。

王主任兴高采烈地祝贺他说："赵云和同志，根据国防科办党组意见，决定任命你为9625厂厂长兼党委书记，对外称湖南省南岭化工厂，祝贺你！"王主任说完，用力握住他的手，叮嘱道："根据省战备办的意见，通过党委多次研究，决定在大战未到之前，你们要尽快赶到双牌鸦山动手组建工厂。要资金给资金，要人给人，任何人不得无故阻拦。当然，这些人要思想纯洁，对党要绝对忠诚、可靠！"

"组织上有什么要求？"赵云和不喜欢向组织讨价还价，这也是他能够顺利出任厂长的主要因素。

"按国家计划，建好的化工厂，每年生产铵梯炸药2000吨。"王主任回答道。

赵云和望着王主任急不可耐地问道："我总不能孤家寡人独自一人去建厂和生产吧。"

"人员由你自己挑选，在湖南省所有的单位，你有挑选的自主权。"王主任再次给予他信任和赋予他特殊的权力。

赵云和以临战的速度，从部队院校，以及地方院校中选取人才。到1966年11月，他带着精挑细选出来的86名各行各业的优秀人才，带着行囊，告别亲友，从三湘四水奔赴双牌。

面对荆棘遍野、陈坟乱岗、猛兽出没的荒山僻岭，以赵云和为首的南岭先驱们披荆斩棘，勘探设计，开荒拓土，挥洒青春，拉开了建厂序幕。随着一批又一批有志青年的到来，只用了一年时间就建起一条投资180万元，定员180名，年产2000吨炸药的生产线。

1966年12月28日，工厂生产出第一批硝铵炸药产品，并于1967年1月全线投产。1975年，工厂被五机部定点为民用爆破器材生产企业，奠定了工厂以炸药立厂、民爆为主的百年根基。

军工企业，在风雨中磨砺前行，不断向前发展，而一代代军工人则经历了酸、甜、苦、辣，在经历了人生的洗礼后，升华着自己的人格。

穷山沟里建电站

在湖南省革命老区平江县丽江村，至今还流传着老红军喻杰布衣还乡，为解决老百姓用电的问题，捐出多年积蓄1.4万元，以年迈之躯，带领村民先后修建6座小水电站，将党的温暖和光明送到寻常百姓家的感人故事。

1970年的冬天比往年还要冷，寒风刺骨，大雪纷飞，推开门，就是厚厚的积雪和呼啸的寒风。在

老红军喻杰

平江县嘉义公社丽江大队部，大队黄支书早早地起床来到大队部烧起了一炉柴火。柴火旁，一把瓦罐里装着沸腾的苞谷酒。

酒香四溢。

这酒，是他烧给八个壮年劳力的，他们要去县城汽车站给喻杰

"接担子"驱寒。

八个"接担子"的壮汉陆陆续续迎着风、冒着雪推门走了进来。黄支书让他们烤火取暖，然后给每个人斟了碗酒，严肃地说："今天你们去接喻杰老部长回家，是一件光荣的政治任务，来不得一点马虎。你们八个人的分工，昨天也说了，现在再强调一下。四个党龄长的同志负责稳稳妥妥抬轿子，其他四个同志负责挑喻部长托运回来的行李等，你们要用生命保护好喻部长，有没有信心完成这项光荣的任务？"

八个壮汉全部站起来齐声回答道："有！"

"时间也不早了，喝完酒就马上出发，不要让喻部长等得太久。"黄支书得到满意的答复后，脸上露出了开心的笑容，带头走在前面。

九个人走在没膝深的雪地，每一个人心里都热乎乎的。

他们自小就听说过"达老子"的故事。

"达老子"是村民对喻杰的尊称，在家谱上，"达"是他的字辈。

1928年，"达老子"从丽江这个穷困的小山村走出去闹革命，在枪林弹雨中冲锋陷阵，立下了不朽的功勋。1969年10月开始，位居中央监委驻财政部监察组组长的喻杰不断向党中央打报告请辞，要求告老还乡，用余热改变家乡一穷二白的局面，请辞没有得到获准。于是，他找到国务院总理周恩来恳切地说："总理，我年纪大了，待在北京，只会给国家增加麻烦和负担。二来呐，还要回到老家尽孝心，家中还有老母亲要奉养，故土难离，人之常情。第三呐，回到老家后，要为故乡人做点有益的事情。我当时能够逃出来，是父老乡亲冒着杀头的危险掩护我逃走的。和我一起出来参加革命的有200多人，现在只有我一个人活着回去，我要对得起牺牲了的同

喻杰主持建成的丽江电站

志。请总理理解我的一片真心实意，我回乡也是在继续为党工作啊，也是给老区人民一个交代，我欠他们的债太多了，我要在有生之年偿还。"

周恩来听后，脸色凝重起来，他握住喻杰的手道："喻杰同志，你的心情我能够理解，你先回去，等我向党中央汇报后再与你联系。"

没有几天，周恩来的电话直接打到他的办公室："喻杰同志，经党中央、国务院批准，同意你的请求。你有什么困难，随时向我周恩来提出来。"

喻杰握住话筒，感激地说："感谢总理，我没有任何困难和要求需要组织解决。我只想尽快离京回到丽江村，陪我的母亲过上一个团圆年，请总理批准我的离京时间。"

获得了周恩来的批准，喻杰马上买好去长沙的火车票，带上孙子喻元龙，没有惊动任何人，悄悄地一路南下。出发前，他给在乡务农的大儿子喻砚斌发了个电报，让他按时到平江县汽车站接车。喻砚斌把电报给黄支书看。黄支书决定，去县城汽车站接喻杰的任务，由自己带领忠实可靠的男劳力去完成，喻砚斌在家里安排吃住的地方，于是，就有了上一幕故事的发生。

黄支书带着八个年轻人冒雪紧赶急走，好不容易挤进车站候车室，只见一个山区老倌子模样的人坐在车站候车室的长条凳子上，他白发苍苍，脸色黝黑，青布棉袄，一双手相互拢抄在袖口里面。早些年，黄支书代表丽江村的村民前往拜访过喻杰，因此，他一眼就认出坐在长条凳上的老人，连忙疾步奔过去说："达老子，我们来迟了，把您冷着了。"

喻杰也认出了来人，高兴地笑着说："你们走累了，坐一会儿，先打讲丽江村的情况。"

天气太冷，简陋的候车室还有雪花飘进来。黄支书生怕冻着喻杰，忙说："这里太冷了，我们回去边烤火边打讲。"他转身四处看看，疑惑地问："达老子，您的行李呢？"

"爷爷的行李可多着呢，你们过来看。"喻元龙带着黄支书走到角落边，指着草席包和一个被包、两口箱子说："这是爷爷从北京带回来的行李。"

黄支书看了目瞪口呆，半天才回过神来说："我带他们八个人过来，就是给您接担的，以为……"

喻杰看着他的样子，解释道："草席包的是'东方红'牌缝纫机，'大跃进'时期生产的，回来后，给自己和乡亲们缝缝补补用。包袱里的被子，是跟我南征北战多年的伙计，盖暖和了，舍不得丢。两口皮箱，一口是我在陕甘宁边区政府当工商厅长时用来装公文的。另一口是一个战友送的，他成了烈士。这就是我回来的全部家当，是不是寒酸了？没有给你们脸上增光？"

黄支书连忙摇头。

走出候车室，大家要扶喻杰上轿子。喻杰婉言谢绝道："四十年前，我穿草鞋从这条路走上了革命的征程。四十年后我回来了，我要沿着这条来时的路走回去。"

说完，喻杰迈开脚步，走在风雪里，用他颤巍巍的背影，给九个新时期的共产党员上了一堂生动的党课。

"达爷子要牵头办电站啦——"

"达爷子不做京官，回来还'债'兴修小型水电站，要让我们穷山沟沟里亮起电灯，他没有忘记丽江村的人啊。"

……

小小的丽江村沸腾了，每一个人都晓得，他们心目中的老前辈喻杰要牵头改变家乡贫穷落后的面貌，让丽江村的人过上幸福的生活。

喻杰要改变一穷二白的丽江村，是他回到故乡后萌生的想法。

回乡后的当天下午，他去看望同村的刘文生。在那个血雨腥风的年代，革命处于低潮，嘉义农民自卫队遭到敌人前所未有的破坏。

为了掩护自卫队员喻杰从后山的小道上逃跑，在滂沱大雨中，刘文生将头上的斗笠、身上的蓑衣、脚上的草鞋送给喻杰，喻杰乔装打扮离去，从此，投身到革命的滚滚洪流中。

滴水之恩，当以涌泉相报。刘文生掩护自己脱险的事情喻杰一刻也没有忘记，他回来的第一件事就是去看望刘文生，没有想到，刘文生因为掩护他而被国民党地方民团以私通赤匪罪杀害，只留下无依无靠的孤儿寡母。坐在昏暗的泥砖屋内，看着在黑屋中摇曳的桐油灯，面对刘妻被油灯熏瞎的双眼，喻杰在心里产生了修建电站，让家家户户都明亮起来的想法。

大年三十中午，他把丽江大队几个主要干部邀请到家里，边吃饭边商量。

喻杰说："我们这里山高田少地薄，用青山恶水来形容最恰当。我们最不缺的是水，我们可以利用水源修建水电站，给老百姓带去光明。同时，还能有效减少水患。"

黄支书担忧地说："修建水电站是好，可是，没有钱啊。"

"我们可以定个君子协议，钱的问题我来解决，项目建设用地你们负责解决，怎么样？"喻杰快人快语。

几个主干听了，不约而同点头算是同意。

"做事需要启动资金，我这里有14 000元积蓄，我把钱交给你们。"说完，喻杰从屋内拿出一个信封，里面是一叠厚厚的人民币。

黄支书推辞说："八字还没有一撇，怎么能够先用您的钱？我们自己想办法。"

喻杰严肃地说："把钱拿过去，修建水电站的八字就有一撇了！"他把钱塞进黄支书的手里说："凡事都讲究拜码头，初三早上，让砚斌陪我去平江县城，我去拜会县里的父母官，争取他们的支持。"

喻砚斌听了，说："您是副部级领导，应该他们来看望您。再说，这天气冷得死人，您年老病多，来来去去很不安全。"

喻杰训导说："我现在是普通的老百姓，老百姓去拜会父母官是理所当然的事。不要再讲多了，这事定了。"

喻砚斌晓得拗不过父亲，也只好心不甘情不愿地表示遵从。

初三早上，大雪消融，太阳露出了温馨的笑脸。树枝头，雀鸟啁啾，大地暖融融的一片。喻砚斌从隔壁村借来一架牛车，父子二人赶着牛车，轧着残雪朝平江县城出发。

喻杰的心情特别好，也许是几十年没有坐过牛车了，心情开朗的他不由唱起了："向前向前向前，我们的队伍向太阳……"

牛车在县委大门前停了下来，门卫拦住牛车问喻杰："老馆子，你找谁？"

喻杰从牛车上走下来，恭恭敬敬地对门卫说："我给县委书记来拜年，麻烦您通知一下。"

门卫上下打量了一番农民装束的老馆子，不由皱起了眉头，正要板起脸驱赶他们的时候，一辆吉普车驶了过来，车上人问："这老人家找谁？牛车怎么停在大门前？"

门卫赶忙走上来小声报告："书记，这个老馆子口口声声说找您拜年，我看肯定有什么事情要缠住您。"

"给我拜年？"县委书记一听，心里有了些好奇，径直走到喻杰面前，他不看不知道，一看吓一跳，站在瑟瑟寒风中来给自己拜年的老馆子，竟然是官至部级干部的喻杰。连忙握住喻杰的手问候道："喻老，您什么时候回乡的？也不通知我们去接？"

喻杰摇摇手说："经党中央批准，年前，我正式回到丽江村颐养天年。今天是大年初三，你是我的父母官，给你拜年是理所当然的。"说完，双手一拱，就要给县委书记行拜年礼。

县委书记连忙拦住说："应该是晚辈给您拜年，又不知道您回来。"回过头对秘书说："快去办公室把炭盆火烧旺，给喻老取暖。"

喻杰制止道："办公室就不去了，我们就借传达室说说话吧。"说完，先自个儿走进传达室。

"那……那……"县委书记跟在后面有些为难。

在传达室坐定，喻杰揶揄地说："今天第一件事给书记拜年，年拜完了，还有一事相求。"

县委书记赶忙说："您老有什么吩咐尽管说，只要在我权限范围之内。"

"我们也是熟人了，也就直言了，得罪之处，还望多多包涵。"说毕，他从口袋里掏出一张自己绘制的地形图说："丽江村自古以来水患为害，老百姓过着食不果腹的日子。我们当初出生入死地战斗，才换来了新中国的成立。新中国成立了，特别是革命老区的百姓还过着苦日子。回来这段时间，经过调查发现，从丽江村到嘉义镇，水利资源非常充沛，这一带的父老乡亲都还没有用上电灯。我大胆地设想了一下，利用水资源沿途修建数个小型水电站，不仅可以有效地解决水患问题，还可以增加老百姓的收入，给他们送去党的温暖和光明，不知道这个意见是否可行？"

县委书记听后表态："县委一定全力支持。过完年，我把县测量队的同志带过去勘测地形。"

"好，我要的就是你这句话，我代表嘉义镇的村民感谢县委、县政府的大力支持。"说完，起身告辞。

"您好不容易来一趟，吃完饭我用车送您回去吧。"县委书记说。

喻杰边打拱手边退出传达室，朗诵起白居易的《卖炭翁》："卖炭翁，伐薪烧炭南山中。满面尘灰烟火色，两鬓苍苍十指黑……"走出传达室，他用力握住县委书记的手说："我还是坐牛车舒坦。"

保护水源，就要保护好林木。回到家里，他马不停蹄地组织人员开始封山育林，利用春节期间的空隙，发动村民把光秃秃的"和尚山""癫子山"全部栽上树苗。喻杰书写了3块封山护林警示牌，挑选了三名护林员，整日在山里巡逻。

春节假日后的第一天，县委书记亲自带着从水电部门抽调来的设计人员前来勘测地形地貌。从最初的选址定坝、筹集资金，到后来的购置设备、开凿隧洞、清基筑堤、防洪抢险，喻杰全程参与，并担任工程总指挥长。

在忙碌的工地上，喻杰的身影无处不在。昏暗的隧道里，他一手拄着拐杖，一手打着电筒，检查工程质量，看有没有空隙和裂缝；傍山渠道上，他弯着腰，走在一段从石壁上凿出来的险道上，反复研究渡槽怎么安放；山洪暴发时，他冒着倾盆大雨到工地指挥民工，硬是把七台被雨水浸泡的抽水机打捞上来。

在喻杰和乡亲们的努力下，在嘉义镇这块红色的沃土上建起了第一座水电站，使这座闭塞落后的小镇终于实现了通电。

韶峰电视进万家

1978年12月18日至22日，党的十一届三中全会在北京召开。全会作出实行改革开放的新决策，开始了中国从"以阶级斗争为纲"到以经济建设为中心、从僵化半僵化到全面改革、从封闭半封闭到对外开放的历史性转变。此后，国家对建立包括电视工业

韶峰牌电视机走进千家万户

在内的产业体系给予了更多的支持。其实，在这之前的1970年，作为地市级单位的湖南韶山区，率先拉开了韶山筹办电视机厂的帷幕。

1970年5月1日劳动节，湖南省革命委员会生产指挥组组长刘善福根据上级有关指示，召开了生产临时紧急会议。刘善福曾任中国人民解放军47军副军长，是名副其实的老红军。他说："全国各地都在支援湖南和韶山的建设，在韶山，还没有一个像样的企业，省委领导明确要求在韶山创办电视机厂。"他的话还没落音，参会人员就像煮沸的稀饭"咕噜咕噜"地议论开了。

有的人认为，电视机是一个新的行业，技术含量高，在湖南制造电视机，简直是天方夜谭。也有的认为，制造电视机需要国外技术，还要购买国外原件，现在时机不成熟，不宜立即上马。

刘善福坐在一旁听着，并没有制止议论，他拿出笔记本，将各种议论记录在笔记本上。等大家议论完了，他才重重地咳了一下嗽，参会人员立即安静了下来。

刘善福缓缓道："我们红军从江西出发，在毛主席的正确引领下，历尽千难万苦，成立了新中国。现在，我们各项技术虽然不是很成熟，比起当年红军长征，这又算得了什么呢？"停了停，扫视了一下在座的与会人员，紧接着说："这个项目是内定的，我们要排除万难，上也得上，不上也得上，一切服从组织安排。"

参会人员静默了很久，最终，爆发出雷鸣般的掌声。

"现在，请湘潭市无线电厂革委会主任吴万忠同志介绍基本情况。"刘善福指着坐在一旁的中年人介绍道："经过组织考察和决定，万忠同志即将出任韶山电视机厂厂长，大家欢迎。"

吴万忠穿着一件青色的中山装，人显得干练稳重，听到点名后，马上站起来介绍情况，他说，根据省委的酝酿和决定，加快速度上马韶山电视机厂是刻不容缓的大事情。决定指出，将生产收音机的湘潭市无线电厂一分为二，把主要力量调往韶山；以韶山区尚未建好的韶山农具厂为基础，共同筹建韶山电视机厂。建厂初期，将所有职工分为两部分，一部分搞基建，修马路；另一部分从事组建车间工作。组建后的韶山电视机厂，隶属于湖南省韶山区领导。

在吴万忠的介绍中，参会人员才明白，创办韶山电视机厂早就搬上了省委主要领导办公会议的案头，这也是经过多次酝酿、决策后才形成今天的临时紧急会议。

韶山区的领导听了刘善福的讲话和吴万忠的情况介绍，心里格外高兴，不待刘善福点将，主动站起来表态："韶山区坚决贯彻上级的指示精神，我们将动员全区的力量，促使电视机厂的早日建成。"

刘善福满意地点点头说："这是一个通气会，也是鼓动会。我说三点要求：1.吴万忠同志马上赶回无线电厂点兵点将，做好出发前的准备工作。2.韶山区在人力物力财力上要积极配合，满足一切需要满足的条件。3.三号前，秘书处将今天的会议精神，以湖南省革命委员会生产指挥组的名义下发，并上报省委主要领导同志。"

散会后，刘善福将吴万忠单独留下来说："你回去后马上组建班子和党支部，充分发挥党组织的先锋模范作用，将这个硬骨头啃下来！"他握住吴万忠的手道："这一炮打得响不响，就全靠你了！"

吴万忠也紧握住刘善福的手，声音洪亮地立下军令状道："如果不能按时完成任务，您把我送进牢房或者枪毙，我绝无怨言！"

刘善福满意地笑着说："我需要的就是你这个军令状，立下军令状，责任重如泰山啊，我相信你吴万忠是个能够做大事的人，不然，也不会力荐你出任这个厂长。危难之时显身手，希望你不要辜负党和人民的期望，带领全厂同志以革命加拼命的态度，勇攀科学高峰。"

说完，刘善福让秘书调来一辆吉普车，将吴万忠送回湘潭。

就在吴万忠调兵遣将忙得不可开交的时候，刘善福的电话到了，他用命令的口吻发出指示："万忠同志，根据上级要求，命令你于5月20日带领你挑选的人员务必在13时前赶到韶山区榆东塘电视机厂所在地，同农具厂的同志汇合，正式启动各项工程。"

"是！坚决完成任务！"吴万忠捏着话筒回答。

话筒里传来刘善福严肃而有力的声音："本月底，省革委会主要领导同志将前来视察，希望到时是另一番的新气象和新面貌。"

挂完电话，吴万忠马上找来技术主管孙振武说："原计划我们25号赶到韶山，刚才接到刘组长的电话，省委主要领导在月底要到建设中的电视机厂视察，你马上与办公室的同志分开做动员工作，动员我们抽选的96名技术骨干明天早上五点在操场集合，乘坐货车统一出发韶山，有没有问题？"

孙振武想了想，回答道："没有问题，这96个人，个个都是好角色，吃得苦、霸得蛮。"

吴万忠听后，开心地笑了起来。

第二天早上，黑幕还没有褪去，东方还没有露出鱼白肚，灯火通明的操场上就响起了激昂人心的《东方红》歌曲，96颗火热的心，唱着"东方红，太阳升……"高举着在猎猎风中飘扬的旗帜，破开黑幕，迎着晨风向着未来的方向开启了新的征程。

韶峰，相传是舜帝南巡弹奏韶乐的地方，峰因此而得名。建设者们为能够在伟人的故乡制造属于湖南人自己的电视而高兴，却总为想不出一个合适的品名而发愁。

5月30日上午，一队小车风驰电掣般驶来，从第二辆车上走下来的是一个高大的身影，建设者们一眼就认出来了，这是省革委会主任华国锋亲自来工地参加建设。

华国锋与在场的建设者们见了面后，从一个工人手中拿过一辆三轮车拖起就走，健步如飞地忙碌在施工现场。在小憩的片刻，他抓紧时机动员说："我们韶山电视机厂生产的电视，要从满足人民生活需要出发，努力搞好电视机的调研、试制工作。"他擦了一把汗，微笑着道："现在社会上流行结婚三大件，电视机、手表、单车，这是人民群众对美好生活的追求，电视排在最前面，这是人民群众了解世界的窗口，也是一件体面的新婚必需品，在市场上属于紧俏商品。我们的电视机生产，就是为市场紧俏服务的，让湖南人和全国人民都能买上我们的电视机，这才是最终目的！"

吴万忠代表电视机厂提出一个请求："华主任，电视机厂筹建阶段很顺利，就是缺少购买急需无线电专用设备的资金，我们恳切地希望能得到省里的高度重视和财政拨款，以解燃眉之急。"

听完吴万忠的请求，华国锋想了想说："拨款的问题我来想办法，制造电视机的问题，你吴万忠想办法。我听说你还立下了军令状，有没有这回事？"

吴万忠连连点头。

"我们不仅要把黑白电视率先在国内搞出一流的水平，将来还要研发彩色电视，让我们的电视走进千家万户。"华国锋把有力的手臂在半空中画了一条直线。

"华主任，我们在琢磨给电视机取个好听又响亮的名字，一直没有想出来，您给想一个行吗？"站在人群中的孙振武对华国锋提出了请求。

华国锋听罢，看看不远处巍峨的韶峰在阳光下绽放着新姿，他仿佛听见了韶乐的天籁之音，于是，伸出手指着韶峰说："韶峰，是舜帝南巡弹奏韶乐的地方，又是毛泽东主席少年时代砍柴放牛度过少年时光的地方，我看啊，我们制造出来的电视机商标名就叫'韶峰牌'，好听又响亮。"

吴万忠也不由高兴地脱口而出一句广告词：看韶峰电视，品伟人豪情。

他怎么也没有想到，他随兴而发的一句话，在不久后竟成为家喻户晓的广告词，火遍了大江南北。

作为一厂之主，吴万忠像闹钟里拧紧了的发条，拼了命般地工作。韶山区也开展各种各样的凑资活动，再加上来自上海、武汉等地的无偿支援，没有多久，在巍峨的韶峰下耸立起一栋栋加工车间、电镀车间、装备车间、元器件库、金属材料库、成品库、职工宿舍、食堂、俱乐部等，到这时，韶山电视机厂从生产到生活管理已初步形成体系。

工厂建起来了，包括吴万忠、孙振武和技术人员在内的全厂职工，对电视机的原理和生产完全是陌生的。为适应工厂发展，按时间要求制造出第一台电视，吴万忠采取了派出去和请进来的办法解决技术、生产和管理上的短板。

吴万忠找到孙振武、陈海关两人说："经省里协调，由你带领技术、操作、采购人员到天津712厂实习；陈海关同志带领技术、组件制造、仪表操作和管理人员到天津712厂跟班劳动。"最后，他叮嘱道："哪怕就是不吃饭，也要把技术学回来，为我所用！"

孙振武和陈海关带出去的人员对电视先前是一片空白，经过不懈的努力学习，回到韶山电视机厂后，每一个人都交上了圆满的答卷。

在简陋的车间内，孙振武带领科研人员身穿白大褂昼夜奋战，利用上海广播器材厂提供的30套散件，于1971年1月底，首先组装出了第一台韶峰牌电视机。

为测试这台电视机的技术参数和验证实际使用效果，孙振武、李绍棠和刘向阳三位同志用箩筐挑着这台宝贝来到武汉。经武汉电视台技术人员实际调试和使用，完全符合技术指标和使用要求。回到韶山后，又到工商行政管理局申请，将商标注册为"韶峰"。从此，"韶峰牌"电视机在毛泽东主席的家乡韶山诞生，产品代号为"韶峰701-1"，意为70年代第一个产品。

"韶峰701-1"电视机的试制成功，提振了全体干部职工的自信心，他们不计报酬地投入到加班加点中，厂房的机器每天都轰鸣到东方破晓。电视机投放市场后，得到了消费者的热捧。

后来，经过不断研发，韶峰电视机厂年生产电视机能力在55

万台以上，工厂主打产品是14英寸、17英寸黑白电视机和18英寸、21英寸彩色电视机，产品畅销全国20多个省、自治区、直辖市，出口10多个国家，"韶峰"电视机的高品质享誉海内外，一台台韶峰牌电视机走进了千家万户。

把南山牧场建设好

　　南山牧场位于城步苗族自治县县城西南，是南山风景名胜区的主体部分，是中国南方最大的现代化山地牧场。牧场得天独厚，像一块碧绿的翡翠，嵌镶在湘桂边陲的崇山峻岭中。这里既有北国草原的苍茫雄浑，又有江南山水的灵秀神奇，被誉为"南方的

　　1974年4月17日，王震（前排左五）在韶山与邵阳地区、城步县及北京市农林局、北京农业大学、北京市奶牛公司等有关人员合影，前排左四为邹毕兆

呼伦贝尔草原"。

1934年9月，任弼时、萧克、王震率领红六军团先遣队经过城步翻越大南山。1934年12月5日，红四方面军从广西资源县进入城步行程数百里。红军每到一个地方，就把苗侗同胞当亲人。从不进屋扰民，只在田野打灶作炊，拿稻草打铺当床，不拿群众一针一线，秋毫无犯。老百姓都说，红军是他们见过的最好的兵。

1973年3月，邵阳城步县南山迎来了新的春天。时任邵阳地革委副主任的老红军邹毕兆决定前往南山调研。邹毕兆是新邵人，1930年，流落在异乡的邹毕兆参加了中央红军，毛泽东主席和朱德总司令亲切地叫他"红色小鬼"。当年长征经过城步县的南山时，邹毕兆就对战友们说："打倒了蒋介石，解放了全中国，我就要回来建设南山，把这里当成自己的家。"

3月的风格外轻柔，微风拂在脸颊。轻车从简的邹毕兆带了一台车和邵阳县革委会副主任路明从邵阳出发，向着城步疾驶而来。这次，他是专门到城步南山进行实地调研的。

站在南山脚下，风吹起青黄相夹的野草在风中舞蹈。邹毕兆兴致很高地吟诵"野火烧不尽，春风吹又生"的诗句。然后，站在一块石头上放眼望去说："路明同志，你看这里有没有'天苍苍，野茫茫，风吹草低见牛羊'的北国风光？我们要在这里建一个牧场，我看就叫南山牧场！"

在历经八天的调研中，他们总结出城步苗族自治县山多水多气温低，在这样的环境下，不能像平原丘陵地区那样只抓粮食生产，更不能毁林开荒，而是要因地制宜，宜林则林，宜牧则牧。

调研结束后，邹毕兆回到邵阳市。几天后的一个上午，邹毕兆

南山牧场

给路明打电话："我已经向地革委会汇报了我们在南山八天的调研成果，地革委会同意城步县因地制宜发展生产的想法。要对已经试养牛羊成功的南山牧场给予大力扶持，同时，我们要抓紧向上级有关部门做好工作汇报。"停了停，又继续说："你要做好跟我赴北京上长沙的准备。"

数天后，邹毕兆带领地、县一些同志赶赴长沙、北京，向省委、国家有关部委汇报。当他得知老领导王震在国务院分管农业方面的工作时，更是喜出望外，高兴地对随同来的人说："长征时，王老转战到过南山。他最能体恤下情，抓工作雷厉风行，我看南山牧场大有希望！"

得知邹毕兆一行来到北京，王震将军特地邀请家乡来的客人去他家做客。在北京东城东四北大街十条一个普通的四合院内，邹毕兆和路明等人见到了时任国务院生产组成员、协助周恩来总理抓业务的王震将军，两位分别多年的老红军一见面就是笑逐颜开、欢天喜地。

王震拍着邹毕兆的肩膀打趣道："你这个当年的红小鬼，在面容上也来了个翻天覆地。你看，头上也有了白发。"

"人生易老天难老，这是自然规律，不老不行啊。"邹毕兆回答道。

王震哈哈哈大笑起来，指着他说："人可以老，但精气神不能老，革命工作的态度更不能老啊。"接着又说："你们送交的报告我仔细看了，感觉还不错。长征时，站在南山上，我就对萧克等同志说过，南山可以办成个大牧场。现在，青年垦荒队在山上坚持了18年，养牛养羊成功了，这可是革命自有后来人啊！"

邹毕兆低声汇报道："解放后，我们经过调查，南山的苗族同胞为了支援红军，付出了很大的牺牲，有的人家竟然被国民党杀得绝户。"

王震边听边擦拭着面颊上的眼泪，他说："苗族人民当年支援我们粮食、担架、人员，安置伤员，他们没有把我们当作外人。现在我们更不能忘记帮助过我们的同胞，我们一定把南山建设好。在建设社会主义时期，我们还要流大汗出大力，把奶牛、菜牛外贸基地建设好。这次我到日本访问，一部小汽车只卖55万日元，而一公斤牛肉要5500日元。日本人年均喝奶100公斤，而我国人均只有六公斤。过去日本人长得矮，现在，他们的年轻人长高了。建好南山牧场，就要多产肉和奶，人民要多吃，还要出口创外汇！"

一天早上，一辆小车停在首都东单外贸招待所门外，在同王震的秘书伍绍祖的交谈中邹毕兆才得知，原来是王震要亲自带他们去北京市牛奶公司考察。一行人上了车直奔牛奶公司，而王震在这里早已经等候多时了。

在考察中得知牛奶公司5000头奶牛平均年产牛奶四吨，且年年盈利时，王震高兴地对邹毕兆说："这就是你们努力的方向！你们办场18年，年年亏损，就是因为没有抓到牧草转化为牛奶的这个关键。"当了解到生下的小牛中有一半是小公牛要处理宰杀以免浪费牛奶和饲料时，他又说："牛是农民的宝贝，你们要引进良种，发展母牛挤奶，还要发展公牛做菜牛出口。你们把这些好经验学回去，要和北京、上海牛奶公司比赛，看谁争第一。"

邹毕兆一行在北京考察后准备回湖南，临别时，王震亲笔写信给湖南省委书记张平化，他在信中写道："建设好南山具有重要意义。南山地处大三线，建成后将是一个战备奶粉库和肉库，同时也关系到填平补齐我国南方山区肉畜牧业的空白问题。必须闯出一条我国自己的山区现代化养牛业的路子，做到出经验、出产品、出良种！"

在王震的关怀下，一批良种奶牛从北京、上海源源不断地运上了南山。几个月后，一条30公里长的公路修成了，一个装机容量600千瓦的水力发电站发电了，一座日处理10吨鲜奶的现代化乳品厂建成了，一个罐头加工厂投产了……

参考文献

1.中共湖南省委党史研究室，中央永州市委、市人民政府.蒋先云文集[M].北京：中共党史出版社，2013.

2.朱厚光.蒋先云的故事[M].长沙：湖南人民出版社，2013.

3.永州市党史与地方志征集编纂办公室.李达的故事.湘新准印字〔2010〕145号，2010.

4.周生来.陈为人的故事[M].长沙：湖南人民出版社，2013.

5.李琳琳.何宝珍传[M].南京：江苏人民出版社，2016.

6.胡正耀.女杰何宝珍[M].北京：中国妇女出版社，2013.

7.永州市党史与地方志征集编纂办公室.湖南永州市党史人物传略[M].北京：中共党史出版社，2012.

8.南京雨花台烈士陵园管理处史料室.雨花台革命烈士斗争纪实[M].南京：江苏少年儿童出版社，1983.

9.黄慕兰.黄慕兰自传（最美红色"特工"亲述）[M].北京：中国大百科全书出版社，2016.

10.曾松亭.毛泽东的九疑山友人乐天宇（一个老革命家和科学家传奇一生）[M].北京：东方出版社，2012.

11.永州市党史与地方志征集编纂办公室.毛泽东与永州[M].北京：中共党史出版社，2015.

12.李涛.湘江血泪[M].北京：长征出版社，2012.

13. 中共湖南省委党史研究室.巍麓山下红旗飘：新田人民革命史[M].北京：中共党史出版社，2012.

14. 宁远县中共党史联络组，宁远县党史与地方志征集编纂办公室.巍山赤子[M].长沙：湖南科学技术出版社，2018.

15. 刘功成.邓中夏[M].北京：中国工人出版社，2012.

16. 夏远生.李启汉[M].北京：中国工人出版社，2016.

17. 曾庆榴.广州国民政府[M].广州：广东人民出版社，1996.

18. 中国人民政治协商会议广东省委员会，广州市委员会文史资料研究委员会，广东革命历史博物馆，广东人民出版社.广东文史资料（中国国民党"一大"史料专辑）[M].广州：广东人民出版社，1984.

19. 周生来.江华的故事[M].北京：中央党史文献出版社，2007.

20. 江华瑶族自治县党史与地方志征集编纂办公室.中国共产党江华瑶族自治县历史（1921—1949）[M].北京：中共党史出版社，2011.

21. 吕芳文，蒋薛.夏明翰[M].北京：人民出版社，1984.

22. 唐洲雁，李扬.中共元勋家书品读·任弼时给任思度的信[M].北京：中国人民大学出版社，2013.

23. 戴玉刚.铮铮铁骨亦柔情——左权给妻子刘志兰的信[J].炎黄春秋，2024（3）.

24. 任弼时.任弼时给父亲任思度的信[J].党史文汇，2014（8）.

25. 中共江华瑶族自治县委、江华瑶族自治县人民政府.烈士精神放光芒（纪念先烈李启汉陈为人纪念文集）.江民文体广新局内准印证〔2015〕004号，2015.

26. 中共祁阳县委、祁阳县人民政府.闻道浯溪水亦香（纪念陶铸诞辰八十周年纪念）.内部资料，1988.

27.中共祁阳县委党史办、中共祁东县委党史办.祁山丰碑（民主革命时期祁阳党史资料汇编）.湘祁准字〔1994〕018号，1994.

28.中共湖南零陵地委党史办，湖南省零陵地区民政局.潇湘英烈.湘文准字〔1991〕16号，1991.

29.黄承先.陶铸的故事（纪念陶铸同志诞辰110周年）.湘祁新出准字〔2017〕003号，2017.

30.永州市政协学习宣传文史委员会.永州文史.内部资料，2009.

31.宁远县史志办，宁远县中共党史联络组.回忆录.永新出准字〔2008〕28号，2008.

32.零陵地区党史联络组，中共零陵地委党史办.回忆录.内部资料，1995.